ROGER FACON

FULCANELLI

&

LE DERNIER MAGE DU LOUVRE

Les Cahiers d'Irem N°10

© 2022 LES ÉDITIONS DE L'OEIL DU SPHINX
ISBN : 978-2-38014-052-1
EAN : 9782380140521
Collection Les Cahiers d'Irem (n°10)
ISSN de la collection : 2275-9670
Dépôt Légal : avril 2022

L'illustration de couverture et l'infographie sont de André Savéant

ROGER FACON

FULCANELLI

&

LE DERNIER MAGE DU LOUVRE

LES ÉDITIONS DE L'ŒIL DU SPHINX
36-42 rue de la Villette
75019 PARIS, France
www.œildusphinx.com
ods@œildusphinx.com

« Le combat spirituel est aussi brutal que la bataille d'hommes ;
mais la vision de la justice est le plaisir de Dieu seul. »

Arthur Rimbaud

DU MÊME AUTEUR

Aux éditions de l'Œil du Sphinx
FULCANELLI & LES ALCHIMISTES ROUGES
FULCANELLI, COMMANDEUR DU TEMPLE
FULCANELLI ET LA GÉOPOLITIQUE DU DIABLE
FULCANELLI CONFIDENTIEL
NICOLAS FLAMEL EST PARMI NOUS
FULCANELLI & LES 7 LOGES DU MAL

Aux éditions Gallimard
LA CRYPTE, Série noire

Aux éditions de l'Archipel
LE LION DES FLANDRES

Aux éditions Abysses
L'HÉRITAGE DU SPHINX
LE MAÎTRE DU SAINT-SANG, en collaboration avec
Serge Ottaviani

Aux éditions Eurédif
MORT AU GOUROU

Aux éditions Hyperion avenue
C'ÉTAIT AU TEMPS DES SOUCOUPES VOLANTES

Aux éditions Engelaere
LE SAIGNEUR DES PIERRES
ENTRETIENS AVEC UN TRÈS VIEUX VAMPIRE

Aux éditions Black Coat Press/Rivière blanche
LA TEMPLIERE

Aux éditions Philippe Hugounenc
BRUXELLES & PARIS SERONT DÉTRUITS

Aux éditions des Presses du midi
TUER POUR DAGON

Aux éditions Fleuve noir
PAR LE SABRE DES ZINJAS
LA PLANETE DES FEMMES
DIVINE ENTREPRISE

LES SERVITEURS DE LA FORCE, en collaboration
avec Jean-Marie Parent
LES COMPAGNONS DE LA LUNE BLEME

Aux éditions Alain Lefeuvre
QUAND L'ATLANTIDE RESURGIRA
LE GRAND SECRET DES ROSE-CROIX
SECTES ET SOCIETES SECRETES AUJOURD'HUI :
LE COMPLOT DES OMBRES, en collaboration avec
Jean-Marie Parent
LES MEURTRES DE L'OCCULTE, en collaboration
avec Jean-Marie Parent

Aux éditions Montorgueil
L'OR DE JÉRUSALEM

Aux éditions SPE
VÉRITÉ ET RÉVÉLATIONS SUR L'ORDRE DU
TEMPLE SOLAIRE, Opération Faust : chronique d'un
massacre annoncé

Aux éditions Robert Laffont
LA FLANDRE INSOLITE
CHATEAUX FORTS MAGIQUES DE FRANCE
VERCINGETORIX ET LES MYSTÈRES GAULOIS
JACQUES COEUR ET GILLES DE RAIS
en collaboration avec Jean-Marie Parent

HIER

SAINT-ROCH 1.

CHAPITRE PREMIER

Lundi 15 décembre 2008

Enterrement de mon père, décédé dans sa quatre-vingt-huitième année.

L'église est bondée. Ancien sénateur-maire, Florian de Saint-Roch, grande figure nordiste, a présidé une flopée d'associations sportives et caritatives. Les habitants de Donche n'ont jamais pris son désintéressement et sa sincérité en défaut, d'où leur présence massive à ses funérailles malgré son « suicide ».

La fanfare de Lodincourt, village voisin, joue la Marche funèbre de Mendelssohn.

Ma sœur Julie est absente, coincée dans une clinique italienne après un accident de voiture.

Mes cousins Sisley d'Aubruni et de La Mortemouisse sont présents. Un lieutenant-colonel artilleur et deux colonels parachutistes, raides comme des piquets. Épouses charmantes, délicatement maquillées et parfumées. Personne du côté maternel, rien de plus normal. Florian, au moment de divorcer de ma mère, avait fait passer les Jaguar et Maserati de ses belles-sœurs au rouleau-compresseur. Il venait de racheter une dizaine de salles de cinéma et deux entreprises de travaux publics. Charger un conducteur d'engins en état d'ébriété de reproduire des compressions à la César demeurait très en deçà de ses possibilités, même ma mère avait calmé le jeu.

Le mausolée des Saint-Roch occupe le centre du vieux cimetière adossé à l'église.

Prières du vieux curé, bénédiction, flots d'eau bénite.

La foule se signe, s'incline. Quelques lys et œillets blancs sont jetés sur le cercueil.

Condoléances. Poignées de main. Le commandant de police Rusti est resté jusqu'au bout, c'est courageux de sa part.

Retour au château.

CHAPITRE 2

La nuit tombe doucement sur le parc. Je finis ma cigarette avant de remonter dans le bureau de mon père me pencher sur le dossier que j'ai entrouvert en rentrant du cimetière. Le dossier François Mitterrand, alias le Sphinx, alias le Florentin, deux septennats au compteur.

Pochette cartonnée de couleur rouge.

Elle renferme des clichés photographiques, des notes blanches RG, des coupures de journaux et, retenue par un élastique, une petite pile de fiches cartonnées consacrées aux proches collaborateurs et aux « visiteurs du soir » du vainqueur des présidentielles de mai 81.

En haut de la pile, la fiche du sieur Jean-Pierre François, ami de l'avocat, devenu ministre, Roland Dumas.

D'origine autrichienne, JPF comme l'appellent ses proches, est banquier. Il a des liens avec des hommes d'affaires iraniens et pakistanais. Il dirige — entre autres — la Banque romande et le Crédit immobilier pour l'étranger (SIPE), société genevoise spécialisée dans l'immobilier. Il devient, à partir de 1983, l'inspirateur de Pierre Bérégovoy dans la mise en place du franc fort.

Souligné au rouge par mon père : *JPF est l'ami de Raymond Abellio.*

*

Singulier personnage que cet Abellio, de son vrai nom Georges Soulès.

Je m'attarde sur sa fiche, car j'ai lu plusieurs de ses livres quand j'étais adolescent. Né en 1907 à Toulouse, membre de la SFIO, Soulès rejoint le Centre polytechnicien d'études économiques — encore appelé X-Crise. Il devient l'un des intimes de Jean Coutrot qui passe pour être le père de la Synarchie. Après l'avènement du Front populaire, Soulès/Abellio devient chargé de mission du ministre de l'Économie nationale. Il rejoint le mouvement Révolution constructive et une loge maçonnique du Grand Orient. En 1941, il adhère au Mouvement social révolutionnaire à la demande d'Eugène Schueller, financier du MSR, patron de L'Oréal et ami intime de François Mitterrand.

Il collabore à fond avec le régime de Vichy et les Allemands.

En 1941, Soulès/Abellio participe à la création du Front révolutionnaire national. Trois ans plus tard, pour cause de débarquement des Alliés en Normandie, il entre dans la clandestinité. Il est hébergé par un ami sûr dans le dix-huitième arrondissement de Paris, il réussit à faire jouer l'une de ses pièces au théâtre du Vieux-Colombier. Dans la foulée, il obtient un contrat pour la publication de son roman *Heureux les pacifiques*.

En février 1947, Soulès/Abellio franchit clandestinement la frontière suisse, il se réfugie à Genève. En octobre 1948, la cour de justice de la Seine le condamne à dix ans de travaux forcés par contumace pour crimes de collaboration. Il entre au service de Transhipping SA, installée Grand-Quai, au cœur de Genève.

Transhipping SA, la société que vient de créer JPF, est sur le point d'ouvrir des bureaux à Munich, Milan, Téhéran, Addis-Abéba.

Pour Soulès/Abellio, JPF est « un génie de la finance ».

CHAPITRE 3

Parmi les visiteurs du soir de François Mitterrand mon père rangeait d'autres « génies ».

André Rousselet, président d'Havas, fondateur de Canal +.

Jean Riboud, patron de la multinationale Schlumberger.

Jean-Jacques Servan-Schreiber, fondateur du magazine *L'Express*.

Georges Pébereau de la Compagnie générale d'électricité.

Roger-Patrick Pelade, richissime industriel circulant en Rolls or métallisé.

André-Georges de Brémau de Frodéhoux, président des Fonderies générales du Brabant.

À la fiche d'André-Georges de Brémau de Frodéhoux sont jointes, retenues par un trombone, deux photographies.

L'une prise en janvier 1830 sur les bords du lac Léman, l'autre en mars 1984 sur les marches de l'Élysée. À cent cinquante-quatre ans d'intervalle.

Elles représentent apparemment le même homme...

Silhouette encore jeune, chevelure argentée, fines moustaches. 50-52 ans. Sportif. Souriant.

Le même homme ? a écrit au crayon de bois mon père, avec un point d'interrogation, au dos de chacune des photos.

Oublions le point d'interrogation, admettons que ce soit le même homme.

En janvier 1830, il avait 50 ou 52 ans.

Autrement dit, il était né en 1778 ou 1780, sous l'Ancien régime.

Il avait donc **un peu plus de 200 ans** quand il venait prodiguer ses conseils à François Mitterrand !

Son visage me dit quelque chose...

CHAPITRE 4

Je fais un curieux rêve la nuit qui suit l'enterrement de mon père.

J'ai la certitude d'être en 1816.

Pourquoi 1816 ?... Je l'ignore.

Je traverse en barque le lac Léman.

Il fait doux. Un vent léger me caresse les cheveux.

J'ai trente ans à peine. Je séjourne depuis peu à Genève dans une vaste villa où je reçois des tas d'amis venus de Paris et de Berlin.

On joue de la musique chaque nuit jusqu'à l'aube, on boit beaucoup. Des femmes nous rejoignent lorsque leurs époux ont sombré dans le sommeil.

Je me prénomme Séraphin. Je me veux poète et seulement poète.

1816, encore. Bougie. Feuillet de papier blanc, plutôt épais. La plume d'oie qui griffe le papier est tenue d'une main tremblotante. La mienne... C'est moi qui écris. Je suis dans une chambre d'auberge.

Une chambre minuscule, mais propre. Les meubles regorgent de cire odorante. Une servante m'attend allongée sur le lit. Elle a relevé ses jupes jusqu'au milieu de son ventre laiteux et rebondi. Un poêle à bois ronronne. Maintenant je suis à l'intérieur d'une calèche. Je traverse Vienne. J'ai rendez-vous avec un ambassadeur.

*

Ils me protègent...
Depuis quand ?

CHAPITRE 5

Nuit du 16 au 17 décembre

Nouveau rêve. Je suis à Londres dans le tranquille cimetière St. Pancras. Je rejoins une jeune fille occupée à lire, adossée au tronc du saule pleureur qui ombrage la tombe de sa mère.

– Ah c'est vous, Séraphin ?...
– Je savais que j'allais vous trouver ici, Mary.
Elle rit.
– Vous m'espionnez ?
– Bien sûr que non.
– Bien sûr que si !
– J'arrive de Vienne.
– Je sais. Mon père ne parle que de votre séjour à Vienne... Vous êtes allé lui dégoter l'un de ces affreux livres de magie qu'il affectionne !
Je fais mine de relever la lourde mèche blonde qui me balaye le front.

– Et vous, vilaine enfant, je n'ignore point que vous vous levez la nuit pour ouvrir ces affreux livres et vous repaître de leurs abominables sucs, beurk !...

– Comment savez-vous cela ?
– N'oubliez pas que j'occupe l'essentiel de mon temps à vous espionner.
– Ah oui, c'est vrai !...

Elle rit.

– Vous allez me donner le bras pour rentrer chez moi ?

– Je suis venu pour cela, très douce amie.

– Alors, allons-y !

*

Je passe la soirée chez les Godwin, sur Skinner Street. Maison délabrée. Des livres partout, car William Godwin, le père de Mary, est libraire et éditeur. Le salon où nous bavardons est au premier étage. Pièce carrée, poussiéreuse, dépourvue de fenêtres. Des bûches flambent dans la cheminée. Nous sommes à une centaine de mètres de Newgate Street qui abrite Old Bayley où les exécutions publiques sont légion. Chaque fois qu'un condamné est pendu, la cloche de l'église voisine du Saint Sépulcre sonne et la foule afflue pour se régaler de l'affreux spectacle.

– Avez-vous découvert le livre que vous cherchiez sur les nécromanciens ?

– Non, hélas.

– Êtes-vous seulement sûr qu'il existe ?

– Oui.

– Vous l'avez vu en songe, m'avez-vous dit la dernière fois.

– Comme je vous vois, sir William. Un ange déchu aux ailes noires l'arrachait des mains d'une petite fille blonde aux paupières cousues de fil rouge et s'envolait avec lui au-dessus de la Tamise.

CHAPITRE 6

Nuit du 17 au 18 décembre

Toujours chez les Godwin. Le poète Percy Shelley est présent. Il cherche à éblouir Mary, si belle dans sa robe noire et jaune, si sage avec ses cheveux blonds parsemés de mèches rousses qu'elle porte soigneusement plaqués avec des nattes sur le haut accentuant la sévérité de son expression. On parle de Wordsworth et de Coleridge. Puis la conversation dévie sur les Rose-Croix.

— Figurez-vous, dis-je, que j'ai fait la connaissance d'un jeune compatriote qui séjourne à Londres sous prétexte d'investir dans des verreries, il se mêle aussi d'archéologie depuis qu'il a séjourné en Égypte. Il ne désespère pas de parvenir à localiser la tombe d'un des premiers compagnons de Christian Rosencreutz, fondateur de la fameuse fraternité R+C... Cette tombe recèlerait, selon lui, une urne remplie de poudre de projection.

— Comment se nomme ce singulier archéologue ?

— Le baron Mosry... Mais on le surnomme le Dingue.

— Un sobriquet qui lui va à merveille, ricane Godwin.

— Fou ici-bas, sage au ciel, sourit Shelley.

La cloche de l'église voisine sonne à toute volée. On s'apprête à pendre quelqu'un.

– Ce soir, on cherchera à cueillir la mandragore, grogne Godwin. Dans l'entourage de la reine, on en raffole.

– Broyée avec la verge d'un pendu, macérée avec treize feuilles de sauge, cela donne une décoction qui fait merveille certain soir de pleine lune !

– Comment savez-vous cela, Shelley ?

– À chacun ses secrets, mon cher éditeur.

Je pars le premier, prétextant une migraine à me cogner la tête contre les murs. Je me dissimule dans une encoignure puis me colle aux basques de Shelley dès sa sortie. Avec la foule qui s'en revient d'Old Bayley, il faut jouer des coudes pour avancer. Dans une telle cohue, impossible de se faire repérer même en y mettant de la mauvaise volonté.

C'est un peu plus compliqué quand Shelley s'approche du Old St. Pancras. La foule est plus clairsemée. Je regarde de loin Shelley s'engager dans le cimetière. Je me hisse sur un mur et le regarde creuser sous le saule où Mary a coutume de s'asseoir pour lire. Quand il a déserté les lieux, je m'approche à mon tour du saule. À l'endroit où la terre a été remuée, je creuse avec la lame du couteau qui ne me quitte jamais. Je déterre ce que Shelley vient de prendre la peine d'enfouir. Deux minuscules figurines de cire.

Elles représentent Shelley et Mary en train de s'accoupler.

Je les remets en place.

CHAPITRE 7

Nuit du 18 au 19 décembre

Je colle aux basques de Percy Shelley jusqu'au coin de la Night Ravenstreet, la ruelle du Corbeau de la Nuit.

Le ciel est lourd de suie et de pluie.

Je regarde Shelley s'adosser à un réverbère à flammes bleues, consulter sa montre à gousset, puis gravir trois marches menant à un corridor où fume une veilleuse. Il ouvre une lourde porte qui libère en grinçant sur ses gonds fatigués des effluves de ragoût. Je fais le tour du pâté de maisons. Je m'approche d'un œil de bœuf.

Des hommes bâfrent à des tables éclairées par des chandelles de suif. Ils mangent de la chair que je devine humaine, servie dans de grands plats d'argent par des filles vêtues de soie noire. Ils appartiennent au « Bifteck Club », un club très fermé qui influe sur la politique intérieure et extérieure de l'Angleterre.

Je m'écarte de l'œil de bœuf.

Alors que je rejoins la ruelle du Corbeau de la nuit, je tombe nez à nez avec quelqu'un qui est loin de m'être inconnu.

*

Je me réveille en sueur.

L'homme qui est loin de m'être inconnu, mon père le rangeait parmi les visiteurs du soir de François Mitterrand. Le sieur André-Georges de Brémau de Frodéhoux, d'après sa fiche...

Je me souviens maintenant.

Je l'ai croisé un soir où il pleuvait...

Il y a longtemps.

Rue de Bièvre.

Il sortait de la demeure des Mitterrand.

CHAPITRE 8

Après le divorce de mes parents, j'avais choisi de vivre chez ma mère, rue de Bièvre, dans le cinquième arrondissement de Paris.

Ma mère avait acheté une demeure voisine de celle de Max-Pol Fouchet. Elle venait de quitter Pathé pour créer sa propre maison de production cinématographique.

Ma sœur aînée Julie était restée à Donche avec mon père.

Mon adolescence, je l'ai donc passée rue de Bièvre.

J'y ai côtoyé une faune singulière. À commencer par l'inénarrable Jean Lorrin. L'homme par qui le scandale est arrivé, disait ma mère, un soir de mai 68, tandis que les voitures flambaient boulevard Saint-Michel. Jean était jusque-là un parfait inconnu. Il s'était découvert une passion pour le septième art lors de son passage sous les drapeaux, au service cinématographique des armées. Il avait filmé des tourelles de char d'assaut rouillées et des adjudants en état d'ébriété. Et puis, l'éclair de génie. *Même les vampires ont des hémorroïdes qui saignent*, un scénario que ma mère avait accepté de lire du haut de ses vingt ans et aussitôt recommandé à son père, Jules Marsan, qui allait devenir mon grand-père maternel, un producteur revenu de tout, surtout d'une bonne dizaine de cures de désintoxication.

Le film avait fait scandale en mai 68 car il écornait l'image d'une icône, Marguerite Duras. C'est dans des slips polychromes volés les nuits de pleine lune dans le bac à linge de Marguerite Duras (Duras... durs à... sécher, disait ma mère) que les vampires de Paris lisaient l'avenir de la France à la lueur de bougies de cire noire.

Un avenir merdique dont les gauchistes parisiens, fils de bonnes familles, appelés, le moment venu, à intégrer les conseils d'administration des grosses entreprises fondées par leurs géniteurs, ne pouvaient saisir le bien-fondé. D'où les bouteilles de Coca-Cola vides qu'ils jetèrent sur les écrans du quartier Latin dès la fin du film, avant de s'en prendre aux fauteuils, aux pompiers et aux ouvreuses.

CHAPITRE 9

J'adorais écouter Jean Lorrin raconter ses histoires de tournage. Quand il venait chez nous, il était souvent accompagné de Louise De Mol, actrice talentueuse et chanteuse de cabaret.

Ma mère se mettait au piano et Louise chantait des ritournelles de sa composition dans lesquelles il était souvent question de fantômes, de vampires, de cuites, d'amour en groupe et de débandades. J'aimais bien Louise, elle était très drôle, surtout quand elle avait un coup dans le nez.

J'aimais bien aussi Frédéric Globo, un Ch'ti qui avait mon âge et était fasciné par les films de Jean Lorrin.

Il s'était pointé chez Jean, dans le vingtième arrondissement de Paris, un soir de juillet 1987 pour lui faire dédicacer un vieil exemplaire de *Midi-Minuit Fantastique*, la revue d'Éric Losfeld.

Dans cet exemplaire, sous couvert d'une étude en deux parties consacrée à Gaston Leroux, père de Rouletabille et de Chéri-Bibi, Jean appelait à l'émergence d'un autre cinéma fantastique, empreint de surréalisme, pur, débarrassé de tout trucage, offrant une représentation du monde dans lequel n'importe quoi pourrait arriver à n'importe qui n'importe quand, rejoignant ainsi les grands thèmes du cinéma classique, les grandes œuvres à la mesure de l'homme.

Frédéric Globo s'était repointé début septembre chez Jean Lorrin. Orphelin, il venait de se brouiller une fois de plus avec son frère aîné qui habitait Trachan, entre Douai et Valenciennes, c'est-à-dire à un saut de puce de Donche, mon village natal.

Jean avait hébergé son jeune admirateur trois semaines durant. Avant de l'amener chez nous sur insistance de Louise De Mol, au terme d'une soirée particulièrement arrosée.

Je m'étais très vite lié d'amitié avec Frédéric Globo.

AUJOURD'HUI

MORNAIS 1.

CHAPITRE 10

La pluie tombe sans discontinuer depuis le milieu de l'après-midi. Symphonie liquide en ut majeur à cause des bidons placés sur l'établi. Ils sont en fer-blanc, ils mixent des sons très particuliers...

Je tire sur mon joint afghan.

Deux ans que je survis dans ce trou à rats. Une vieille grange ouverte à tous les vents, à la lisière d'un bois appartenant à un ancien ministre des Outre-mer et député divers droite...

Je survis en faisant le jardinier occasionnel.

Très occasionnel.

Je m'occupe du potager d'une jeune retraitée qui a dirigé un magazine de mode parisien et passe son temps à tailler ses rosiers et à picoler. Je m'occupe surtout, deux fois par semaine, le lundi et le vendredi, de sa pelouse intime. Je reçois, en échange, cent vingt euros le vendredi, plus un filet à provisions bien garni. Sans compter la petite provision d'herbe ou de joints afghans.

Avant de faire le jardinier tout terrain dans le bocage normand, j'étais flic. Au mythique Quai des Orfèvres. J'étais le capitaine Mornais.

Et puis il y a eu le drame. L'incendie de notre pavillon de Fontenay-aux-Roses avec ma femme

Suzanne et notre fille Adeline, grillées vives dans leurs lits, en plein sommeil, pendant que je faisais la noce avec des collègues à Pigalle.

J'ai disjoncté. Je me suis mis à picoler. À chercher la bagarre dans les bars. À racketter des dealers. J'ai été repêché deux fois en conseil de discipline. Puis révoqué.

*

La pluie continue de marteler les tuiles disjointes, de dégouliner le long de la charpente vieille de deux siècles. 23 h 30 à ma montre Cartier, cadeau de la retraitée. Je dresse l'oreille. Bruit de moteur. Je m'arrache de mon sac de couchage.

Claquement de portière.

Je fais coulisser la grand-porte au moment où les phares s'éteignent. Une Audi A3. Le chauffeur est resté au volant.

– Monsieur Mornais ?

– Oui.

Le passager vient tranquillement dans ma direction, mains dans les poches. Un grand Black. Le genre videur.

– Le ministre veut vous voir...

CHAPITRE 11

L'ancien ministre des Outre-mer Claude Dubreuil, propriétaire du bois et de la vieille grange que je viens de quitter, est dans sa villa de Deauville. Il y vient deux ou trois fois l'an, d'après le grand Black.

Le ministre me reçoit en pleine nuit, assis à son bureau Empire, en pyjama de soie bleu ciel et robe de chambre bleu marine, à demi renversé dans son fauteuil à haut dossier, tirant sur un énorme cigare.

— Asseyez-vous, capitaine.

— Je ne suis plus capitaine.

— Je sais... Je ne suis plus ministre pourtant l'usage veut que l'on continue à m'appeler monsieur le ministre... Mais si ça vous arrange, je suis prêt à vous appeler Monsieur Mornais... Ou Serge.

— J'aime autant Serge.

— Parfait. Alors Serge, si je vous ai fait venir de manière aussi impromptue, c'est que j'ai besoin de vous. Et pas pour vous tirer les oreilles au sujet de l'occupation de ma grange sans avoir jugé bon de solliciter mon accord...

Je prends place dans le fauteuil qu'il me désigne. Je le regarde extirper de son sous-main une chemise cartonnée, l'ouvrir.

— ...Pour vous montrer le sérieux de mes propositions, je vous ai fait préparer un contrat de travail, Serge. Un CDI en bonne et due forme. Officiellement, je vous recrute en qualité de conseiller sécurité pour la maison de production cinématographique Clic-Clap, installée aux Buttes-Chaumont, que je dirige avec mon épouse et notre fille... Au salaire de quatre mille cinq cents euros nets par mois, sans les primes.

Il adresse un petit signe au grand Black qui se tient debout derrière moi.

— Outre une voiture de fonction, une Peugeot 307, vous disposerez d'un petit trésor de guerre qui vous permettra, le cas échéant, de faire face à quelques imprévus...

Le grand Black pose un attaché-case devant moi.

— ... Vingt mille euros en coupures diverses. Lorsque je vous aurai expliqué ce que j'attends de vous, Victor vous conduira à Paris. Je vous ai loué un studio à Montmartre, rue Lepic... Vous pourrez y faire un brin de toilette avant de renouveler votre garde-robe et rejoindre le Nord pour y mener les petites vérifications auxquelles je tiens.

CHAPITRE 12

Ce qu'attend de moi le ministre est à la fois simple et compliqué.

Retrouver la trace du scénariste Damien de Saint-Roch, disparu le 18 décembre 2008. C'est-à-dire il y a un mois, à deux jours près.

Je débarque à Donche le vendredi 16 janvier.

Donche est un village de cinq mille âmes, à douze kilomètres de Trachan.

Ma couverture est en béton. Je représente la maison de production cinématographique Clic-Clap, je suis à la recherche d'une vaste demeure avec parc susceptible de convenir au tournage d'un film qui débutera l'année prochaine, au printemps, en plein triangle Trachan-Cambrai-Valenciennes.

Damien de Saint-Roch, l'homme que l'ancien ministre Dubreuil m'a demandé de retrouver, fils de feu l'ancien sénateur-maire du coin, s'est fait un nom dans le cinéma. Scénariste, il a été deux fois nominé aux Césars.

L'enquête, menée par la gendarmerie locale, n'a pas permis, à ce jour, d'établir les raisons de la disparition de Damien de Saint-Roch ni de savoir s'il est toujours en vie. Si enlèvement il y a eu, il n'a été suivi d'aucune demande de rançon. Quant à l'hypothèse de la fugue motivée par un chagrin d'amour, elle a été très vite abandonnée par les enquêteurs.

*

Je prends une chambre à l'hôtel Ibis, dans le centre de Trachan, ville de quarante mille âmes.

Douze kilomètres à peine me séparent de Donche.

CHAPITRE 13

Le mardi 20 janvier, à 9 heures pétantes, je suis reçu, à ma demande, par le maire de ce coin paumé qu'est Donche.

Ma démarche n'a rien d'incongru.

Une vieille bâtisse abandonnée, dotée d'un grand parc, est visible depuis la route qui relie le hameau de Carmache à Lodincourt. D'après le cadastre, cette bâtisse est sise sur le territoire qu'il administre.

– Exact, sourit le maire. Elle est abandonnée depuis 1936, c'est-à-dire depuis la fermeture de la Compagnie des mines de Donche-Lodincourt. Elle appartenait au directeur de cette compagnie. Elle a été rachetée en 1947 par des Belges qui projetaient d'en faire un haras, mais le projet a capoté. Ils l'ont laissée à l'abandon... C'est une société civile immobilière installée à Tournai qui règle la taxe foncière et la taxe d'habitation. Vous pensez que cette bâtisse pourrait convenir au tournage d'un film ?

– Elle remplit certains des critères que souhaitent voir respectés le producteur et le réalisateur... Mais je ne veux pas trop m'avancer.

Le premier magistrat de la commune hoche la tête.

– Plus rien ne m'étonne, cher monsieur...

Je me contente de sourire. Je le laisse aller au bout de son raisonnement.

– …Le fils de mon prédécesseur, monsieur de Saint-Roch, travaille lui aussi dans le cinéma. Il est scénariste. Il a disparu trois jours après l'enterrement de son père qui s'était suicidé et on ne sait toujours pas ce qu'il est devenu. D'après *La Voix du Nord* et *Le Républicain Nordiste*, une société de production parisienne souhaitait porter à l'écran l'affaire du château de Lodincourt et lui avait demandé de s'atteler à l'écriture du scénario. J'ose espérer que ceux qui vous ont mandaté pour procéder chez nous à des repérages ne caressent pas un projet de ce genre. Le Nord a une image suffisamment dégradée pour ne pas en rajouter dans le misérabilisme ou dans l'horreur !

CHAPITRE 14

Je quitte la mairie de Donche pour me rendre à Trachan, dans les locaux de l'agence du *Républicain Nordiste*, l'un des derniers titres de la presse écrite du département.

Une charmante stagiaire m'accompagne aux archives. J'y reste trois quarts d'heure. Au sortir des locaux du *Républicain*, j'ai presque envie de hurler de joie.

Je suis sur un petit nuage. La chance continue d'être à mes côtés. Même si au fond de moi la petite voix des mauvais jours me dit que c'est trop beau pour être vrai. Y a un blème quelque part. Faut que je reste méfiant. Et concentré.

Flashback

Lundi 28 avril 2008.

On découvre le corps décapité d'un vieillard de 82 ans, Georges du Céril, propriétaire, avec sa sœur Georgette, de six ans sa cadette, du château de Londincourt, à quinze kilomètres de Trachan. Les du Céril ont régné sur le village durant trois générations. Tanneurs à l'origine, ils se sont particulièrement enrichis durant la Seconde Guerre mondiale par le biais de la collaboration économique, ils ont ménagé leurs arrières en finançant un réseau de résistance gaulliste. Georges a longtemps dirigé une fabrique de conteneurs en région parisienne.

C'est une jeune infirmière qui découvre le cadavre décapité de Georges du Céril installé dans un fauteuil à bascule, devant le piano du grand salon. La tête posée devant un chandelier semble regarder son propriétaire jouer. Côté mise en scène macabre, on peut difficilement faire mieux. Quant à Georgette du Céril, hémiplégique, elle a disparu avec son fauteuil roulant.

Un policier mène l'enquête, le capitaine Robert Van Bruchel, du commissariat de Coignette-sur-Broule dont dépend Lodincourt. Il découvre sous les combles du château une salle de magie. Autel de bois sombre. Statues griffues et couvertes d'écailles brunâtres. Candélabres d'argent serti d'or. Lourdes tentures noires galonnées d'or. Grand cercle rouge tracé sur le parquet. Odeurs d'encens et de cire chaude.

Fin mai, c'est un magistrat à la retraite qui est découvert décapité dans le couloir qui mène à sa salle de magie. L'ancien procureur de Trachan, Antoine Lebourbin. Il rentrait de Damas... Alors que le capitaine Van Bruchel venait de disparaître à son tour.

Le dimanche 8 décembre à 9 heures du matin, coup de théâtre.

Un vieux flic à la retraite, l'inspecteur divisionnaire honoraire Baron, appelle la rédaction du *Républicain* pour confesser ses crimes. Il avoue au journaliste de permanence non seulement être l'auteur des décapitations de Georges du Céril et d'Antoine Lebourbin, mais il reconnaît avoir assassiné et décapité le capitaine Van Bruchel avant de placer son cadavre aux côtés de Georgette du Céril, emmurée vivante.

Au terme de sa confession téléphonique, Baron se tire une balle dans la tête.

CHAPITRE 15

Je marche sur des œufs.

Le ministre m'a confié que son petit protégé Rudi Samier, César 2003 du meilleur réalisateur, ancien assistant de Jean-Pierre Mocky et de Costa-Gravas, devait porter à l'écran l'histoire de la famille du Céril.

Samier souhaitait une écriture à chaud, un traitement dans l'urgence. Aussi avait-il contacté le scénariste Damien de Saint-Roch qui connaissait bien la région et celui-ci ne s'était pas fait prier. La disparition du même Damien de Saint-Roch est une catastrophe pour le réalisateur comme pour le producteur qui ne savent plus sur quel pied danser.

Je suis chargé de comprendre ce qui s'est réellement passé à Donche.

Damien de Saint-Roch a-t-il organisé son propre enlèvement comme l'avait fait, en son temps, l'écrivain Jean-Edern Hallier, personnage fantasque et controversé des années Mitterrand ?

A-t-il subi le même sort que le capitaine de police Robert Van Bruchel ?

Je pare au plus pressé. Je prends l'autoroute de Lille.

*

Il est midi quand je franchis le seuil du Service Régional de Police Judiciaire, boulevard de la Liberté.

J'y vais de mon petit laïus.

Le planton avance la main vers le téléphone.

– Y a un ancien collègue qui demande à vous voir, commandant... Paraît qu'il vous connaît.

CHAPITRE 16

Je trouve le commandant Patrick Rusti attablé devant un reste de petit salé aux lentilles et une bouteille de Trois-Monts à peine entamée.

– J'y crois pas, mon salaud. On t'avait crié mort...

– Désolé d'être encore en vie. J'essayerai de faire mieux la prochaine fois.

Il me fait signe de prendre place en face de lui. Ouvre un tiroir. Pose devant moi un verre qu'il emplit à ras-bord.

– À nos retrouvailles...

Rusti est un copain de promo avec lequel j'ai fait les quatre cents coups en début de carrière. Je savais qu'il avait planté sa tente chez les Ch'tis pour cause de mariage avec une jolie brune qui tenait une bijouterie à Valenciennes. Mais j'ignorais, jusqu'à mon passage aux archives du *Républicain Nordiste*, qu'il avait quitté l'hôtel de police de Valenciennes pour celui de Trachan et dirigé l'enquête consécutive aux aveux téléphoniques et au suicide par arme à feu de l'inspecteur divisionnaire honoraire Baron.

*

Je quitte le SRPJ de Lille à 15 h 10 et reprends l'autoroute.

Direction Paris.

J'espère que le sieur Janviel acceptera de me dire ce qu'il sait. Rusti a prononcé ce nom après avoir ouvert un vieux carnet en faisant une bouche en cul de poule, signe de l'importance du tuyau qu'il était en train de me filer.

Le problème, c'est l'adresse... Rusti n'est pas sûr qu'elle soit encore bonne. Je verrai ça sur place. Difficile de faire autrement.

De toute façon, j'ai besoin de retrouver mes marques. Et mes vieilles sensations de chasseur de crânes. Je me surprends à siffler un air d'Ennio Morricone. *Il était une fois dans l'Ouest*... Suzanne, ma femme, adorait cet air, on avait vu le film une bonne dizaine de fois ensemble

J'ai la gorge nouée. J'ai envie de chialer.
Mais je tiens bon.

HIER

JANVIEL 1.

CHAPITRE 17

Décembre 1978.
Rue des Francs-Bourgeois, dans le Marais.

Il neigeait cet après-midi-là. Sans doute Mitterrand poussa-t-il la porte de *La neuvième Lame*, ma librairie, pour échapper à la bourrasque et se réchauffer tout en cédant à sa passion pour les livres.

Le chantre de l'union de la gauche était resté longuement planté devant la petite table sur laquelle j'avais coutume de disposer mes nouveautés R+C. Il avait bouleversé l'ordonnancement des piles, pris le temps de feuilleter chacun des ouvrages avec application avant de se présenter à ma caisse, sans me reconnaître, sourire carnassier aux lèvres, disant :

– Je le prends.

Il s'agissait du dernier Oscar Boucle. *L'Immortel*. Paru aux éditions du Vide-Grenier.

– Connaissez-vous l'auteur ?

– Non, avouai-je.

– Et l'éditeur ?

– Oui.

Il battit des paupières.

– Je vous écoute, cher monsieur.

Je lui brossai un portrait rapide de Benoît Broux, ancien commis de l'illustre Chamuel, le libraire-éditeur culte de la Belle Époque. Benoît sévissait à deux pas d'ici, impasse des Arbalétriers.

Dans un appartement bric-à-brac valant le détour. Il sortait, comme José Corti, peu de titres par an. Mais chaque titre était un véritable trésor.

— Puisque vous connaissez si bien Monsieur Broux, me fit observer Mitterrand, peut-être pourriez-vous tenter de lui arracher quelques précisions sur l'auteur du présent ouvrage, cet énigmatique Oscar Boucle ?...

— Ça ne me paraît pas être une tâche insurmontable, dis-je.

— Parfait. Je repasserai d'ici deux ou trois semaines.

CHAPITRE 18

Je revis François Mitterrand en janvier 1979.

Je lui fis part de ce que j'avais appris sur Oscar Boucle. Il s'agissait d'un pseudonyme derrière lequel se dissimulait un parfait inconnu pour son éditeur.

– Monsieur Broux, s'étonna Mitterrand, n'a vraiment aucune idée de l'identité réelle de celui qui lui a fait parvenir quatre manuscrits en dix ans ?...

– Aucune.

– Qui perçoit les droits d'auteur de notre parfait inconnu ?

– La communauté Emmaüs de Montreuil.

– Vous avez les précédents ouvrages de Boucle ?

– Je les ai en réserve, oui.

– Je vous les achète.

Je le regardai s'éloigner sous la neige poudreuse qui s'était mise à tomber en milieu d'après-midi, serrant contre son flanc droit le petit sac empli de livres que je venais de lui remettre.

Cet homme demeurait pour moi une énigme.

Il jouait au druide dans certains milieux nostalgiques de la Cagoule. Il revendiquait auprès de son vieil ami Roger-Patrick Pelade son intimité avec le Dieu cosmique des Païens qu'il sentait vibrer dans les arbres, dans les pierres et sous les étoiles.

Je savais aussi qu'il aimait les femmes, qu'il s'intéressait à la magie sexuelle et voyait dans le coït, comme le philosophe catholique Guitton, une expérience anticipée de la résurrection.

CHAPITRE 19

— Mitterrand joue un drôle de jeu ces temps-ci, me confia Benoît Broux, le fondateur du Vide-Grenier, quand je lui eus fait part de l'intérêt que le patron du PS semblait porter à Oscar Boucle.

J'avais pris l'habitude de passer chez Broux une ou deux fois par semaine en fin de soirée. Devant une verveine ou un thé au lait, nous parlions de la Tradition primordiale ou abordions des sujets géopolitiques.Broux et son vieil ami Victor Sarde m'avaient fait l'honneur de me coopter au sein d'un cercle de réflexion, le cercle Guaita, un groupement informel de libraires, d'écrivains et d'éditeurs parisiens passionnés d'ésotérisme et d'occultisme, avant de me faire entrer à la Loge Héliopolis.

— Mitterrand n'a jamais été facile à cerner, rappelai-je.

— Il a réussi à persuader Dalida que son petit ami Richard Chanfray dit vrai quand il prétend être le comte de Saint-Germain !

— C'est une blague ?

— Non, non.

Je me trouvais devant mon poste de télé, sept ans plus tôt, quand l'ORTF avait diffusé *Le Troisième œil*, émission consacrée à l'alchimie, et donné la parole à un ancien antiquaire, le sieur Chanfray, qui poussait la chansonnette. Le gugusse affirmait avoir « dix-sept mille ans », il prétendait être Saint-Germain l'Immortel.

Je n'avais pu m'empêcher de marmonner en tirant sur ma gauloise : « Et mon cul, c'est du poulet ? ».

– Il y a forcément anguille sous roche, dis-je.

– C'est aussi mon avis. Mitterrand est un homme très cultivé et Chanfray un mythomane de la pire espèce. D'après ce que j'ai appris, Mitterrand s'intéresse au corps subtil et à son devenir après la mort... Il est très « égyptien » dans sa démarche. Et Dalida qui l'adore est Égyptienne de naissance... Née au Caire, elle a même été élue Miss Égypte 1954 ! Pourquoi lui ment-il aussi effrontément à propos de Chanfray ? Pourquoi la maintient-il sous l'emprise d'un charlatan faisant le jeu des Forces noires ? Pourquoi, surtout, en défendant Richard Chanfray, contribue-t-il à jeter le discrédit sur l'authentique Saint-Germain ?

*

Je relus *L'Immortel* cette nuit-là. Selon son auteur, le comte de Saint-Germain était au service de cette « obscure diplomatie » que Fulcanelli allait remettre au goût du jour, moins de deux siècles plus tard, durant les Années Folles.

Sous couvert de mener des ambassades secrètes pour Louis XV et la Pompadour, Saint-Germain, le Saint-Frère, défendait surtout les intérêts des Frères de la Rose-Croix, banquiers des princes et des rois.

Il implantait aussi des cercles alchimiques en France, en Belgique et en Angleterre.

J'étais, avec Oscar Boucle, en terrain familier.

CHAPITRE 20

Ma cooptation au sein du cercle Guaita remontait à juin 1968.

Comptant dix-sept membres, ce cercle composé de libraires, éditeurs et écrivains parisiens avait été fondé en 1891 par l'auteur de *Rosa mystica* et, à la mort de ce dernier, en décembre 1897, il s'était fixé comme objectif de donner naissance à une Loge blanche indépendante, la Loge Héliopolis, à laquelle le CG servait d'antichambre, de laboratoire, de jurande.

J'avais été recommandé par Victor Sarde, observé et testé par Benoît Broux durant trois ans. Puis — neuf mois après ma cooptation au sein du cercle Guaita — je fus admis au sein de la Loge Héliopolis. Loge d'inspiration égyptienne, bien évidemment. Installée dans la longue cave voûtée d'un vieil hôtel particulier du Marais.

Le lendemain de mon initiation au grade d'apprenti, on me chargea d'un premier « travail ».

Plancher sur François Mitterrand.

*

Je rendis ma planche en octobre.

Après les agapes fraternelles qui suivirent cette tenue mémorable, le Vénérable Maître de notre Loge — commissaire de police en poste à la DST, le contre-espionnage français — me fit intégrer notre « atelier de recherche et d'information », un petit groupe dirigé par notre frère Premier Surveillant, appartenant à la DST lui aussi, en qualité d'inspecteur divisionnaire.

Notre Vénérable Maître me fit l'amitié, dans les six mois qui suivirent mon admission au sein de l'atelier, de me rendre régulièrement visite à mon domicile. Il arrivait en fin de soirée et, durant une heure ou deux, me parlait de Stanislas de Guaita et de son successeur, le docteur Jules Hioqueau.

Hioqueau était un Ch'ti. Établi à Lille dans les années 1898, il avait ouvert un cabinet médical à Montmartre en 1902. Ami de Jaurès et de Viviani, il affichait des idées anarchistes. Il s'était rendu en Égypte en mai 1897 et avait reçu mission de fonder, à son retour, une Loge d'inspiration égyptienne dans l'antique cité d'Isis... Ce dont il s'était acquitté le 27 décembre 1897, dans les carrières de Montmartre.

Jules Hioqueau était alchimiste, il suivait la *voie du verre*, une voie peu connue, et avait eu à cœur de créer, dès 1902, un atelier consacré à l'art d'Hermès au sein de la Loge Héliopolis. L'un des premiers membres de l'atelier H était appelé à entrer dans la légende...

Fulcanelli.

Le Forgeron solaire.

CHAPITRE 21

Fulcanelli était un ami de Ferdinand de Lesseps, le promoteur du canal de Suez.

Ingénieur de formation, notre Forgeron solaire s'était rendu à diverses reprises en Égypte. Il avait profité de ses séjours égyptiens pour faire provision de pierres de foudre, encore appelées fulgurites, morceaux de verre naturel amorphe produits par le choc d'un éclair sur de la roche siliceuse (sachant qu'un éclair libère lors d'un tel choc une énergie considérable, proche du milliard de joules).

À partir de ces fulgurites, Fulcanelli s'était attaché à fabriquer des miroirs alchimiques.

Peu avant d'obtenir le « don de Dieu », d'accéder à l'Adeptat, de devenir Rose-Croix, aux environs de 1930, il avait offert l'un de ces miroirs à la Loge Héliopolis.

Lequel miroir me fut remis en dépôt par notre Vénérable Maître à la Saint-Jean d'été 1972.

Je ne pus que balbutier en le recevant :

– C'est me faire trop d'honneur...

– N'en crois rien. S'**Ils** souhaitent entrer en contact avec toi, c'est qu'ils estiment que tu es apte à les aider dans leur tâche.

Je ne pus m'empêcher de frissonner.

Ils...

Derrière ce pronom indéfini, je devinais un univers donnant le vertige.

*

C'était au-delà du vertige. J'en eus la preuve deux ans plus tard.

La nuit de Noël 1974.

J'avais réveillonné chez des amis dans l'île Saint-Louis. J'étais rentré chez moi après la messe de minuit à Notre-Dame. Une lueur étrange sourdait du miroir de Fulcanelli posé sur mon bureau.

En fixant la lueur, j'eus la sensation de retourner en arrière. Au sortir de Notre-Dame, juste devant la statue de Charlemagne et de ses Leudes. Il neigeait. Je pressai le pas, mon fiacre m'attendait à hauteur du quai de Gesvres.

La tête me tournait.

Je me laissai glisser.

Sur le tapis persan de mon cabinet de travail et la banquette du fiacre. J'étais à la fois chez moi et quelque part entre le quai de Gesvres et le marché aux fleurs, sur l'île de la Cité. La neige avait cessé de tomber. J'avais chaud. Je dénouai ma lavallière. Je rentrais d'Égypte.

J'étais jeune archéologue.

Je venais de mener une campagne de fouilles dans la Vallée des Rois.

CHAPITRE 22

Trois nuits durant, je me coltinai avec le miroir de Fulcanelli.

J'eus le privilège de revisiter trois de mes incarnations.

J'étais géomètre durant la première. J'appartenais à l'expédition d'Égypte menée par le général Bonaparte à la demande du Directoire. J'aidais une vingtaine d'élèves de l'École Polytechnique à inventorier les temples et monuments que la 1ère division commandée par le général Desaix rencontrait sur sa route. J'aidais ces turbulents élèves à faire les relevés des temples que nous rencontrions le long du Nil, enfoncés dans les sables comme des navires en perdition. Memphis, Abydos, Esné, Dendérah, Karnak, Louqsor, Kom-Ombo, Edfou, les colosses de Memmon...

Je n'eus guère le temps de savourer la victoire d'Aboukir.

Je mourus de la peste en quittant le moyen-delta pour remonter vers Le Caire.

Je trafiquais des antiquités sous couvert d'archéologie durant ma seconde incarnation. Je tenais une boutique rue du faubourg Saint-Honoré, je multipliais les séjours en Égypte et en Irak. J'étais ami avec Flaubert, Du Camp et les frères Goncourt. Il m'arrivait de faire tourner les tables aux Tuileries à l'invitation de l'impératrice Eugénie.

Mes talents médiumniques étaient réels. Mais ils ne valaient pas ceux d'un tambour-major que l'impératrice Eugénie consultait souvent. Ce tambour major officiait au 38e régiment d'infanterie de ligne, il lisait l'avenir dans un miroir alchimique ramené des Croisades par des Templiers...

Ma troisième incarnation fut des plus brèves.

Sculpteur, poète, alchimiste, je mourus dans ma trente-deuxième année, en novembre 1916.

À Verdun.

CHAPITRE 23

Revisiter mes incarnations par le truchement du miroir que m'avait remis le Maître de la Loge Héliopolis n'était pas sans incidences.

Une immense fatigue accompagnait chacune de mes intrusions dans le miroir. Je passais physiquement de *l'autre côté...* Je me déplaçais dans une sorte de tunnel infra-rouge. Les couleurs s'estompaient, se diluaient, elles finissaient par former une sorte de mélasse où les gris dominaient. Je me mouvais pesamment, j'étais très vite essoufflé. Les sons qui me parvenaient me faisaient souffrir. Je détestais ce que j'étais en train d'expérimenter, comme si la consultation d'un miroir alchimique s'avérait être à la fois un privilège et une punition, un accès à la connaissance et une expiation...

Pour être sûr d'avoir été ceux qu'avait reflétés, trois nuits durant, le miroir de Fulcanelli, je me livrai, une fois libéré de ma fatigue et de mes maux de tête, à quelques vérifications concernant ma troisième incarnation. Archives militaires, registres d'état-civil.

Le sculpteur, poète (et alchimiste), avait eu un fils.

Restaurateur dans l'Oise.

Né en janvier 1916... Quatorze ans avant que je me réincarne en libraire, propriétaire-gérant de *La neuvième Lame.*

J'eus le loisir de passer avec mon fils (de quatorze ans mon aîné !) toute une soirée, en septembre 1975, en m'invitant dans son restaurant et en échangeant avec lui des banalités, la gorge nouée... Avant d'aller me recueillir sur la tombe de sa mère quelques jours plus tard. Ma femme donc. Veuve de guerre. Enterrée à Saint-Jean-Aux-Bois, petit paradis au milieu de la forêt.

CHAPITRE 24

Mes trois incarnations revisitées au miroir alchimique avaient un petit dénominateur commun.

La rue de Bièvre.

Ma rue natale.

J'y avais vu le jour à trois reprises, à deux siècles d'intervalle.

Cette très ancienne rue de Paris, figurant sur les cartes de 1224, doit son nom au canal de dérivation qui amenait l'eau de la Bièvre, rivière docile, dans les jardins de l'abbaye Saint-Victor et se jetait dans la Seine après avoir longé un sentier, lequel devint ensuite une rue où Dante résida lors de son séjour parisien.

Avant l'ouverture de la rue Monge et du boulevard Saint-Germain, la rue de Bièvre reliait le quai de la Tournelle à la rue Saint-Victor.

Je suis même né rue de Bièvre une quatrième fois, en décembre 1930, je l'ai quittée à l'âge de douze ans pour suivre mes parents place des Vosges.

J'avais treize ans quand je fus, pour la première fois, mis en présence de François Mitterrand.

Il se faisait appeler Morland. Nous étions en juillet 1943, Morland passa en coup de vent place des Vosges. Avant de rejoindre, avec mon père et une poignée d'amis, la salle Wagram où il interpella courageusement les officiers qui paradaient à la tribune d'un meeting à la gloire de Laval et de la Collaboration.

Mon père avait appartenu à la Cagoule avant de rejoindre le mouvement de résistance Combat. Ayant échappé de justesse à un coup de filet de la Gestapo, en décembre 1943, il s'était réfugié à Marseille. Revenu en avril 1944 à Paris, il fut grièvement blessé lors d'une opération nocturne à Montrouge et soigné dans une cave d'où il ne sortit qu'à la Libération.

CHAPITRE 25

Devenu courtier en livres rares, mon père se mit à sillonner l'Europe.

Ma mère, de son côté, racheta un magasin d'antiquités rue Monge. J'aimais y traîner après le lycée. Et bavarder avec Victor Sarde, un ami de mes parents, encore appelé « l'écrivain » ou « Monsieur Victor ». Inoubliable auteur du *Roman des Gaules* et de *Séances d'hypnose*, parus chez Gallimard.

Sarde avait un magnifique chat persan appelé René en hommage à Guénon.

Il vivait à deux pas du magasin de ma mère, dans un splendide appartement donnant sur la Seine, quai de Montebello. Il avait appartenu, lui aussi, au mouvement Combat, et fréquenté, comme mon père, les locaux du *Courrier Royal* du Comte de Paris. C'est donc tout naturellement qu'il avait participé, avec mon père, en 1942, à la création de La Chaîne, réseau d'action pour le redressement de la France et la défense de la civilisation chrétienne. Il fabriquait, au début, des faux papiers. Avant de fabriquer des explosifs. Puis de faire sauter des trains du côté de Douai et de Valenciennes à la demande de l'Intelligence Service. Ses conceptions royalistes ne l'avaient pas empêché de se lier d'amitié avec un sculpteur anarchiste installé à Montmartre, Marcel Anad, « Adam » dans la clandestinité.

Lié aux FTP, d'obédience communiste, Adam menait des actions de sabotage dans le Nord pour nuire à l'effort de guerre allemand.

Je n'appris qu'après la mort de mon père et celle de René Sarde que le sieur Marcel Anad, durant la Seconde Guerre mondiale, n'avait jamais cessé d'être en contact avec Fulcanelli.

En lisant *Visa pour une autre terre*, publié par Jacques Bergier, en 1974, aux éditions Albin Michel, j'eus l'intuition que le mystérieux Cavalier blanc évoqué par certains initiés lyonnais n'était autre que le Forgeron solaire.

CHAPITRE 26

Visa pour une autre terre ne quittait plus ma table de chevet depuis sa parution.

En raison du passage suivant :

« La légende du Cavalier blanc, que je vais raconter, ne peut être malheureusement présentée que comme une légende. Lorsque ces événements se sont déroulés à Lyon, j'étais déjà en camp de concentration, et je ne les ai donc pas suivis personnellement. Après la guerre, j'ai recueilli des témoignages et j'en ai sollicité par l'intermédiaire d'un hebdomadaire aujourd'hui disparu et qui s'appelait *Demain*.

« J'ai recueilli beaucoup de témoignages, tous contradictoires. Tous provenaient d'un non-Lyonnais qui avait séjourné à Lyon pendant la guerre. Les Lyonnais eux-mêmes ne parlent jamais et ne se sont pas départis de leur mutisme à cette occasion.

« Il était donc une fois une Lyon occupée. Haut lieu de la Résistance et l'endroit le plus terrible de l'Occupation. Et au début de 1944, il y est apparu un homme qui se faisait appeler le Cavalier blanc et qui voulait combattre le nazisme par la magie blanche. La Gestapo en eut vent, et un jour de mai 1944, elle cerna la villa où habitait ce personnage, dans la banlieue de Lyon. Des agents de la Gestapo le virent entrer, et dix minutes après, ils pénétraient dans la villa. Elle était vide. On ne trouva pas de passage secret, on ne trouva aucune explication rationnelle. Le personnage avait disparu sans laisser de trace (*spurlos*, en allemand)... »

Le journal *Demain* dont parlait Bergier avait été fondé en 1942 par Jean de Fabrègue, secrétaire de Maurras. Mon père y avait collaboré. Ainsi que René Sarde. Mon père étant mort en 1970 et Sarde deux ans après, il était trop tard pour que je pusse les interroger à propos des témoignages évoqués par Bergier dans son livre.

Sarde et mon père avaient-ils été sollicités par l'auteur de *Visa pour une autre terre* peu après son retour de déportation ?

Figuraient-ils parmi les témoins non-lyonnais auxquels Bergier s'était adressé dans l'immédiat après-guerre ?

C'était de l'ordre de l'envisageable.

Marcel Anad, jusqu'à sa mort, en janvier 1947, rencontrait régulièrement Fulcanelli.

Je sais cela par mes frères du cercle Guaita et de la Loge Héliopolis. Fulcanelli avait chargé « Adam » de surveiller les agissements d'une certaine Lydie Basténi, médium, aventurière de l'occulte, liée aux magiciens noirs de Saint-Merry, à l'origine de l'arrestation de Jean Moulin par la Gestapo de Lyon. Jacques Bergier, alias « Jérôme Cardan » dans la Résistance, menait des opérations spéciales à Lyon où sévissait Lydie Basténi (il avait notamment réussi à arracher Raymond Aubrac, compagnon de combat de Jean Moulin, des griffes des Allemands peu après sa condamnation à mort).

Fulcanelli était devenu Rose-Croix dans les années 1930, après avoir reçu le « Don de Dieu », c'est-à-dire avoir découvert la pierre philosophale.

Le temps et l'espace n'avaient plus aucune prise sur lui.

Passer du plan physique à un plan plus « subtil » était un jeu d'enfant pour l'auteur du *Mystère des cathédrales* et des *Demeures philosophales*.

D'où sa « disparition » au nez et à la barbe de la Gestapo qui cernait la fameuse villa dans laquelle le Cavalier blanc était entré, ce fameux jour de mai 1944 mentionné par Bergier.

CHAPITRE 27

Bergier avait choisi d'enrichir à sa manière la Légende du Cavalier blanc :

« Mais je crois que l'intérêt de cette légende, écrivait-il dans *Visa pour une autre terre*, c'est qu'elle est une manifestation très moderne (1944) d'une notion très ancienne et très réconfortante : c'est que l'humanité n'est pas seule, et qu'elle a un protecteur.

« (…) Le Protecteur (…) interviendrait pour empêcher les catastrophes et pour défendre l'humanité. C'est ce mythe qui est à la base de la chevalerie et que Cervantès parodiait. C'est ce mythe qui constitue le secret des Templiers, qui se considéraient comme représentants directs du Protecteur. »

Défense de l'humanité.

Base de la chevalerie.

Secret des Templiers.

Tels étaient les trois côtés du triangle protecteur que l'auteur de *Visa pour une autre terre* parvint à extraire des fontes du Cavalier blanc dès son retour de déportation. Un triangle protecteur clôturant une enquête menée auprès de ceux qui étaient ou avaient été concernés par l'épisode de la villa des environs de Lyon. À savoir l'antenne lyonnaise de la Gestapo (à travers l'exploitation de ses archives), les Résistants basés à Lyon ou de passage en cette ville ayant survécu aux représailles nazies et les survivants des loges, cercles, cénacles ésotériques lyonnais (maçons, martinistes, rosicruciens, alchimistes) implantés depuis des lustres dans la capitale des Gaules.

*

Je sais, depuis mon entrée sur le sentier de l'initiation, qu'une Fraternité blanche veille sur le devenir du genre humain compromis par la chute adamique et s'oppose aux Forces noires attachées à empêcher le retour de l'Âge d'or.

Éternel combat de la lumière contre les ténèbres.

Les membres de la Fraternité blanche sont tous Connaissants ou Rose-Croix.

Ils ont tous vaincu la mort.

L'un d'eux a pris pour *nomen mysticum* Fulcanelli. Durant la Seconde Guerre mondiale, il était en contact avec Marcel Anad et Jacques Bergier et se sentait concerné par le destin de la France. Il lui arrivait de séjourner à Lyon et d'y déjouer les pièges de la Gestapo. Son nom de code pour certains résistants lyonnais était « le Cavalier blanc ».

CHAPITRE 28

Je sais depuis mon admission au sein de la Loge Héliopolis que l'Ordre du Temple a été reconstitué par la Fraternité blanche pour traverser le *Finis Gloriae Mundi*. Il rassemble en France 144 chevaliers, tous Rose-Croix ou Connaissants.

Abrités dans douze commanderies.

Douze lieux hors du temps.

La commanderie de Paris présente l'aspect extérieur d'un hôtel particulier sis dans le Marais, doté d'une porte cochère, d'une cour intérieure pavée et d'un parc boisé. La commanderie de Paris présente cet aspect pour le passant qui ignore son « état ». Se déroulent entre ses murs — notamment ceux de sa chapelle souterraine — des activités au-delà de l'espace et du temps. S'y mènent des opérations dont le commun des mortels n'a pas idée. Activités, opérations relevant de *l'éternel présent*.

Depuis 1946, Fulcanelli est commandeur de Paris. Deux ans plus tôt, si j'en crois Jacques Bergier, il était chevalier (cavalier) et séjournait à Lyon. En plein territoire occupé. Il luttait avec les armes de la **magie blanche** contre le nazisme inféodé aux Forces noires.

Il est entré physiquement un jour de mai 1944 dans une villa placée sous la surveillance de la Gestapo et s'en est mystérieusement échappé.

Spurlos, d'après les Allemands.

Disparu sans laisser de trace.

Cette villa, d'après Bergier, a été fouillée de la cave au grenier. Nous savons, d'après l'auteur, qu'elle se trouvait dans la banlieue de Lyon (et sans doute s'y trouve-t-elle encore). Je serais enclin à voir en cette villa, à défaut de la commanderie lyonnaise du Temple reconstitué, une *Maison blanche,* l'une de ces demeures hors du temps dont dispose la Fraternité blanche pour mener ses activités protectrices. Un lieu d'apparence banale, mais relevant de l'*éternel présent*.

SAINT-ROCH 2.

CHAPITRE 29

Frédéric Globo et moi avions les mêmes centres d'intérêt. Le cinéma fantastique, l'occultisme, l'œuvre de Bram Stocker, l'œuvre de Lovecraft...

Et le Louvre.

On passait des journées entières au Louvre. On photographiait ses salles, ses galeries, ses escaliers. Grâce au conservateur, vieil ami de ma mère, nous pouvions accéder aux parties interdites au public, nous étions en capacité de sonder les moindres recoins du palais.

Le soir, on développait nos tirages argentiques.

Avant de procéder aux rituels...

C'est Globo qui m'avait initié à la magie cérémonielle. Des entités lui apparaissaient durant son sommeil. Entités assyriennes et chaldéennes, précisait-il. Elles lui dictaient des rituels dont il se souvenait au réveil et qu'il recopiait sur des cahiers d'écolier.

Sur les conseils de Globo, j'avais aménagé une salle de magie dans un coin du grenier maternel, rue de Bièvre. Tentures noires et rouges. Candélabres miroir cerclé de cuivre. Cassolettes gorgées de charbon et d'encens.

On évoquait Marduk, Shamash, Ishtar, Bêl...

Mais aussi Hadad, le dieu tempête, et Nabu, le dieu de la sagesse et de l'écriture.

Un soir, le dieu de la sagesse et de l'écriture s'adressa à nous.

Nous étions en transe. Ce qu'il nous révéla, nous le transformâmes, quelques semaines plus tard, en roman à quatre mains, *Nabu*, lequel fut accepté aux éditions du Vide-Grenier. Nous l'écrivîmes à la manière des surréalistes, branchés sur l'au-delà. À la lueur tremblotante d'une bougie... Nous le publiâmes en septembre 1988 sous le pseudonyme de Lapédan, en hommage au Sâr.

Le Monde et *Libération* saluèrent l'exploit décadent. Ils firent le siège de Benoît Broux pour tenter de percer « le mystère Lapédan ».

Trois mois après sa sortie en librairie, notre roman fit l'objet d'une option de la part de la société de production de Claude Gaudon, vieil ami de ma mère. Le tournage de *Nabu* débuta en mai 1990, deux mois après que ma mère eut bouclé l'adaptation du roman, non sans avoir eu la gentillesse de convaincre son vieil ami de producteur de bien vouloir nous associer à l'écriture du scénario.

C'est ainsi que Frédéric Globo et moi fîmes notre entrée dans « la Familia », la bande à Gaudon.

Nous enchaînâmes les séances d'écriture et de réécriture, car le réalisateur de *Nabu*, très exigeant envers lui-même, ne ménageait pas ses « troupes ». Nous devions sans cesse réécrire les séquences — y compris les plus insignifiantes — et modifier les dialogues au gré de ses changements d'humeur et de ses caprices, lesquels étaient consubstantiels, d'après *Les cahiers du cinéma* et *Libération*, à son génie.

CHAPITRE 30

Je perdis Globo de vue au début des années 2000.

Il avait cru devoir transporter ses pénates en Angleterre. Il travaillait à Ealing pour la *National Film and Television School*. On s'appelait de temps en temps au téléphone, on s'envoyait des cartes de vœux.

Je venais d'achever l'écriture du scénario d'*Un été pour rien* quand il débarqua chez moi sans prévenir. Le lundi 15 septembre 2008. Il faisait une tronche d'enterrement. Ça ne nous empêcha pas de nous donner l'accolade. Avant de glisser dans l'horreur. Comme dans un mauvais film de la Hammer.

– La copine de mon frangin s'est pendue...

Je ne connaissais pas le frère de Globo, Ferdinand, son aîné. Je l'avais juste vu en photo.

– C'est pour ça que tu as quitté Ealing ?

Il secoua la tête.

– J'en avais marre de travailler pour la *National* même si je me suis fais un maximum de blé. Le drame qu'a vécu mon frangin n'a fait que précipiter l'échéance. J'avais trop envie de rentrer.

Je le regardai se rouler un joint.

– Ça te dit ?

– Non merci.

Il fit claquer son Zippo.

– En fait, la copine de mon frangin ne s'est pas pendue... **On** l'a pendue, fin juillet. Ça fait un mois que je remue ciel et terre pour découvrir quel est l'enfant de salaud qui a fait ça !

Je gardai le silence tout en hochant la tête.

– Et tu es ici parce que tu penses que je peux te donner un coup de main ?...

– Ouais mec, t'as tout compris

– Bien, très bien. Je vais te donner d'autant plus volontiers le coup de main demandé que j'ai été payé pour ça...

Il ouvrit des yeux ronds.

– Rudi Samier a fait appel à moi... Il souhaite faire un film s'inspirant de l'affaire de Lodincourt. Ce qui l'intéresse, c'est surtout le sort réservé à Georgette du Céril et au capitaine de police Van Bruchel... J'ai reçu une jolie avance sans avoir à fournir la moindre ligne de synopsis ! Je dois juste le tenir informé du déroulé de mes recherches avant qu'on attaque ensemble le plan puis la rédaction du scénar... Et je dois avouer que, jusqu'ici, j'ai fait le service minimum. Je me suis contenté de plancher sur les années que Georges du Céril avait passées à Stains, tout en achevant le scénar d'*Un été pour rien*.

Il dodelina de la tête.

– Il fait toujours partie de « la Familia », ton Samier ?

– Non, dis-je. Il bosse pour Clic-Clap, la boite de prod de l'ancien ministre Dubreuil.

CHAPITRE 31

Je débarquai à Donche le lendemain. En fin d'après-midi.

– Je la connaissais très bien cette petite infirmière, bougonna mon père après m'avoir écouté avec attention.

Françoise Fiévet, 25 ans. Fille de l'adjoint aux travaux du maire de Lodincourt. Retrouvée pendue dans le parc du château local, le dimanche 27 juillet au matin.

– Elle était tombée en dépression après avoir fait l'horrible découverte que tu sais... »

Quatre mois plus tôt.

Le lundi 28 avril, très précisément.

Françoise Fiévet avait l'habitude de venir changer les pansements de la châtelaine de Lodincourt, Georgette du Céril, 76 ans, qui souffrait d'ulcères variqueux.

La petite infirmière, comme disait mon père, avait découvert une scène de crime hallucinante dans la matinée du dernier lundi d'avril. Le châtelain, Georges du Céril, frère de Georgette, 82 ans, décapité, installé devant le piano du grand salon. Dans un fauteuil à bascule. Sa tête posée près du chandelier surplombant le clavier où ses mains étaient posées à plat. Le torse lardé de coups de couteau.

Pour les lecteurs du *Républicain Nordiste*, Georges du Céril devint « le joueur de piano ».

S'il ne s'était pas affaissé sur le clavier, c'est parce que son assassin avait glissé un manche à balai entre son pull et sa chemise maculés de sang, d'après le procès-verbal de constatations établi par le capitaine de police Robert Van Bruchel qui avait été alerté par le maire de Lodincourt (lui-même alerté par la fille de son adjoint aux travaux).

Le capitaine Van Bruchel appartenait au commissariat de Coignette-sur-Broule, territorialement compétent.

Il disparut fin mai, la veille de la découverte du cadavre décapité de l'ancien procureur de la République de Trachan.

Suite à cette disparition, le parquet se vit contraint d'ouvrir une information judiciaire pour enlèvement et séquestration.

CHAPITRE 32

Les décapitations du châtelain de Lodincourt et de l'ancien procureur de Trachan étaient indissociables de la présence d'une salle de magie à proximité des deux scènes de crime.

Salles de magie et décapitations constituaient le plus petit dénominateur commun de ces deux sordides affaires sur fond de candélabres d'argent serti d'or, d'autel de bois bruni gravé de signes plus ou moins runiques, d'après le P.V. de constatations du capitaine Van Bruchel, de tentures noires galonnées d'or, de statues griffues, couvertes d'écailles brunâtres, de cercle tracé à la peinture sur le parquet, d'odeurs d'encens et de cire chaude.

PPDC qui nous allait comme un gant, Globo et moi, car nous avions « œuvré » dans une salle de magie du même genre, statues griffues mises à part, pour entrer en contact avec des entités chaldéennes et assyriennes durant notre folle jeunesse parisienne.

*

Grâce à mon vieux gaulliste de père, nous apprîmes que le châtelain de Lodincourt et l'ancien procureur de Trachan avaient participé à l'implantation d'un *stay-behind*, un réseau dormant à vocation anticommuniste, en Île-de-France et dans le Nord-Pas-de-Calais.

C'était la volonté des États-Unis et de l'OTAN, en pleine Guerre froide, de tisser une toile d'araignée protectrice sur le sol européen. D'anticiper une invasion soviétique en réalisant un maillage de réseaux dormants placés sous la tutelle clandestine de l'OTAN, capables d'enrayer la progression de l'Armée rouge. Et, en cas de non invasion, de s'immiscer dans la vie intérieure des nations placées sous tutelle américaine à l'insu de leurs peuples.

En France le *stay-behind* pro-américain fut baptisé « Arc-en-ciel ».

Georges du Céril assuma de 1978 à 1981 la direction de l'antenne Arc-en-ciel de Trachan tout en secondant le commandant de CRS qui dirigeait la branche « opérationnelle » du Service d'Action Civique de Lille (sans cesser pour autant ses activités industrielles à Stains). Tandis que le magistrat Lebourbin, alors en poste à Dunkerque, réalisait des opérations spéciales pour le compte de l'Arc-en-ciel et du SAC du Pas-de-Calais qui l'amenaient à descendre fréquemment à Paris et à Marseille.

Lebourbin et du Céril avaient apparemment implanté une cellule « magique » au sein du *stay-behind* de Trachan-Lodincourt.

À partir de quand et pour le compte de qui ?

Nous en étions, là encore, réduits aux conjonctures.

CHAPITRE 33

Du côté de Laurent Globo, le frère aîné de Francis, nous trouvâmes très vite du grain à moudre.

Depuis la découverte du cadavre de Françoise Fiévet, la jeune femme qui partageait sa vie, pendue à une branche d'orme dans le parc du château de Lodincourt, Laurent Globo se terrait chez lui, il n'ouvrait plus sa porte à personne. Il ne se rendait plus à son travail (la fonderie Métal-Union de Trachan où il était chef d'atelier). Il se faisait livrer de temps à autre une pizza et une bouteille de coca light. Il ne répondait plus aux appels téléphoniques de ses amis et de ses collègues de travail.

Le mercredi 17 septembre, en milieu de matinée, Francis Globo me demanda de l'accompagner chez son frère aîné.

Je tentai de le dissuader de pénétrer de force dans la demeure aux volets clos. En vain. Francis brisa une vitre de la véranda et ça partit en live.

Les deux frères échangèrent des coups de pied et des coups de poing. Ils roulèrent même au sol en tentant de s'étrangler mutuellement. Je ne parvins à les séparer qu'après avoir pris à mon tour des coups de pied. Ils finirent, fort heureusement, par se calmer.

Je ramassai les débris de verre qui jonchait le sol de la véranda tandis que Francis renouait ses lacets avant d'aller acheter des croissants. Il n'eut qu'à traverser la rue pour pousser la porte de l'unique boulangerie du village. Quand il revint, son frère Laurent, le sourire aux lèvres, versait le café dans les tasses qu'il venait de disposer sur sa table de salon.

La hache de guerre était enterrée.

Place à la discussion.

Francis m'invita à brosser un tableau aussi complet que possible de la terrible situation à laquelle Laurent était confronté. Je le fis de manière sobre et sereine, tout en grignotant un croissant. Sans trop insister sur les difficultés rencontrées par Francis dans sa quête de vérité. Visiblement, l'Omerta régnait à Lodincourt. Des gens du village savaient et se taisaient. Les uns par peur, mais pas tous. Le ou les assassins avaient immanquablement des complices à Lodincourt sur lequel la famille du Céril avait régné sans partage pendant trois générations. Elle avait imposé sa loi d'airain et suscité bien des rancœurs.

Ce long préambule terminé, j'abordai le volet *stay-behind*.

CHAPITRE 34

Je m'attardai longuement sur le rôle joué par Georges du Céril au sein des structures nordistes du Service d'Action Civique et du réseau Arc-en-ciel liés aux services de renseignements de l'OTAN. Je terminai par le pacte « magique » que du Céril semblait avoir noué avec le juge Lebourbin bien avant que celui-ci ne fût nommé à la tête du parquet de Trachan.

Laurent Globo m'écouta sans broncher. Il se contenta de me faire signe, à la fin, que le café était en train de refroidir dans ma tasse.

Je portai celle-ci à mes lèvres.

— Venez, nous invita Laurent quand j'eus vidé ma tasse. J'en ai marre de jouer la comédie. J'ai quelque chose à vous montrer...

*

Nous le suivîmes dans l'escalier qui menait au grenier.

Après avoir fait coulisser le fond d'un placard, Laurent s'effaça pour nous laisser pénétrer à l'intérieur de la petite salle de magie qu'il avait aménagée sous les combles.

— J'en crois pas mes yeux, grogna Francis. Toi aussi tu... ?

— Ouais, petit frère.

Nous eûmes droit à une confession surprenante.

Françoise Fiévet, quand elle ne pratiquait pas l'évocation d'entités avec lui dans la petite salle qui s'offrait à nos yeux, se livrait à la magie cérémonielle en compagnie des châtelains de Lodincourt et d'un commissaire de police, un certain Alain Moron. Un parisien. Âgé d'une quarantaine d'années. Censé avoir appartenu à la DST avant de rejoindre le cabinet du ministre de l'Intérieur.

La magie cérémonielle à laquelle se livrait Françoise Fiévet en compagnie des châtelains et du policier parisien comportait un volet sexuel.

– Tantrisme de la main gauche, frangin.

– T'en as parlé aux flics et aux gendarmes d'ici quand ils t'ont interrogé après la mort de Françoise ?

– Bien sûr que non. J'allais quand même pas me vanter d'être une sorte de cocu content !

JANVIEL 2.

CHAPITRE 35

En mai 1944, d'après *Visa pour une autre terre*, Fulcanelli était à Lyon. Il jouait un rôle protecteur à l'endroit de la Résistance.

J'eus l'occasion d'aborder le sujet en Loge lors d'une tenue consacrée à la Fraternité blanche.

Fulcanelli, habitué du Chat noir, bien avant d'obtenir le « Don de Dieu », était au service de ce que les Rose-Croix appellent l'obscure diplomatie. Sachant que la diplomatie est la science et la pratique des relations entre États, on peut voir en sa déclinaison « obscure » la science de l'observation de ces relations polluées par l'interventionnisme des Forces noires. Observation préalable à l'intervention « magique » des R+C chaque fois que la planète est mise en danger par le comportement de tel ou tel État et que la dette karmique des peuples et gouvernants concernés le permet.

En mai 1944, lorsque se produisit la séquence lyonnaise du « Cavalier blanc » (chevalier au service des Forces blanches), nous étions à la veille du Débarquement allié en Normandie. Mais aussi à la veille de l'utilisation par l'empire US de l'arme nucléaire. Depuis 1942, les Américains s'activaient sur le *projet Manhattan*. Ils n'allaient pas tarder à être en capacité de fabriquer ce qu'ils appelaient des « bombes citrouilles » à base d'uranium et de plutonium. En août 1945, ils déversèrent, avec leurs citrouilles, un

Halloween de feu sur Hiroshima et Nagasaki, tuant près de 300 000 Japonais, s'aidant des trompettes de l'enfer pour signaler l'ouverture de la Guerre froide.

Et chez nous qui dit Guerre froide dit OTAN, qui dit OTAN dit *stay-behind*...

Et qui dit *stay-behind* dit « cellules magiques » greffées par les Forces noires pour accélérer le chaos final du Kali Yuga ou Âge Noir.

*

Fulcanelli envisageait de consacrer à ce chaos final un ouvrage, le *Finis Gloriae Mundi*. Il avait rédigé à cet effet des notes couvrant un ensemble de feuillets comparables à ceux qui avaient servi à la rédaction des *Mystère des cathédrales* et *Demeures philosophales*. Placés dans une enveloppe scellée remise par ses soins à son disciple et agent littéraire Eugène Canseliet, les feuillets du *Finis* furent récupérés, à la demande de la Fraternité blanche, par Fulcanelli peu après que celui-ci eut accédé à l'Adeptat.

Le Forgeron solaire, nous confia en Loge notre Vénérable Maître, projetait de mettre en garde ses contemporains sur les dangers de fin de Kali Yuga. Il avait vu deux guerres se dérouler sous ses yeux. Il avait participé à la guerre de 1870 sous les ordres de Viollet-le-Duc, responsable des fortifications pendant le siège de Paris. En 1914, la bataille de la Marne ayant fait 195 000 morts l'avait conduit à se réfugier à Marseille.

« Fulcanelli était cherchant lorsqu'il a rédigé ses notes sur le *Finis*... Vouloir alerter ses contemporains sur les dangers de la phase terminale du Kali Yuga partait d'un bon sentiment, au sortir de la boucherie de 14-18. Mais — car il y a un mais — Fulcanelli s'était montré trop « charitable », trop explicite sur le déroulé du *Finis*. Il ignorait, à sa décharge, le poids de la dette karmique des nations. Aussi, une fois devenu Connaissant Rose-Croix, s'empressa-t-il de prendre en compte cette dette karmique et de suivre la recommandation de ses pairs de la Fraternité blanche : reprendre l'enveloppe cachetée détenue par Canseliet, renoncer à son projet de publication. Trop délicat, trop risqué.

Le *Finis Gloriae Mundi* qui aurait dû paraître chez Jean Schemit ne figura pas au catalogue de ce libraire-éditeur, ni au catalogue d'aucun autre. Personne ne put, par conséquent, prendre connaissance de son contenu... Mais des éléments « fuitèrent ». Canseliet émit des hypothèses sur l'articulation du *Finis*, sur les rapprochements à faire avec la disparition de l'Atlantide. Et la légende prit forme, le mythe prospéra... Tandis que l'humanité continuait de s'enfoncer dans les marécages de la **Quantité**, de refuser d'interpréter **les signes des temps**.

La Seconde Guerre mondiale éclata, elle accoucha des camps d'extermination nazis, puis de l'arme nucléaire avant d'enfanter la Guerre froide et les *stay-behind*.

CHAPITRE 36

Fulcanelli avait créé « l'atelier de recherche et d'information » de notre Loge en 1909, dix-sept ans avant de faire paraître son *Mystère des cathédrales*. Il s'était appuyé sur des **Lupin** (de *Lupinus*, l'herbe à loup) pour mener les opérations les plus sensibles de l'atelier avec l'accord du docteur Hioqueau.

Avant de s'installer à Montmartre, Jules Hioqueau sévissait dans le Nord où il avait participé à la création d'un cénacle alchimique consacré à la *voie du verre*. Les premiers Lupin attachés à cette voie se réunissaient à Douai, rue du Canteleu, « rue du Chant du loup » en patois ch'ti. Mauvaises herbes, mauvaises graines, ils professaient des idées anarchistes. Ils n'avaient pas hésité en début de parcours à pratiquer la récupération, à voler le bas de laine des bourgeois. La comédienne Georgette Leblanc avait côtoyé l'un d'eux dans sa jeunesse et son frère Maurice s'était inspiré de son témoignage pour créer Arsène Lupin, le gentleman cambrioleur appelé à rejoindre dans le panthéon populaire le très british Sherlock Holmes.

Durant la Seconde Guerre mondiale, les Lupin alchimistes continuèrent de combattre la contre-initiation. Ils poursuivirent leur combat après la chute du nazisme et certains d'entre eux s'organisèrent pour contrer les agissements des « cercles magiques » implantés au sein des *stay-behind* dépendant de l'OTAN.

J'eus maintes occasions, dans les années soixante-dix, de mesurer l'efficacité des Lupin à travers deux d'entre eux, surnommés les « frères Karamazov ».

Les jumeaux Kara, pour l'état-civil parisien.

Nés à Montmartre, anarchistes comme leur père Aristide, membre de la goguette du Chat Noir, qui avait assuré la sécurité du baron Alphonse de Rothschild à Bakou et organisé la lutte contre Staline et les bolcheviks qui sabotaient ses installations pétrolières.

Jules et Alphonse Kara s'étaient fait un nom dans le music-hall. Comiques troupiers, comédiens, puis tourneurs, ils fréquentaient avec assiduité les bistrots de Montmartre et les cabarets de Pigalle.

Ils disposaient d'une armée d'informateurs.

Ils nous permirent de « loger » deux temples noirs dépendant de Saint-Merry (Baphomet du Diable, cœur noir de Paris) : le temple de la rue de Rivoli et celui de la rue du Renard.

CHAPITRE 37

Je devins le « traitant » des frères Kara en janvier 1980.

Ceux-ci passaient régulièrement à la librairie ou chez moi me faire un petit coucou et je triais la moisson d'infos qu'ils me livraient.

Un organigramme finit par prendre corps grâce à eux. Sept Loges noires, en Île-de-France, dépendaient de la Loge-Mère Saint-Merry placée sous la protection du Baphomet du Diable.

Villeneuve-Saint-Georges.

Versailles.

Drancy.

Stains.

Franconville.

Étampes.

Longjumeau.

Autant de Loges sauvages « ravitaillées » en *attaches* par les temples noirs des rues de Rivoli et du Renard qui abritaient deux athanors en capacité de produire un verre destiné à être coulé dans des moules « baphométiques » les dotant d'ondes de forme puissamment aliénantes.

Les membres des Loges sauvages d'Île-de-France — appartenant par ailleurs à des Ordres rosicruciens ou des Obédiences maçonniques régulières pratiquant des rituels écossais — se faisaient fort d'aller enfouir ces *attaches*, à la faveur de la nuit, aux neuf coins et demi de l'Hexagone. Dans des endroits ciblés (à commencer par la forêt de Meudon et la forêt de Rambouillet). Et constituer autant de réservoirs psychiques, autant de mini « centrales » dans les ondes desquelles d'autres « sorciers » venaient puiser, en lune montante, afin de renforcer l'aliénation des populations vivant sur ces territoires préemptés, depuis des lustres, par les Forces du mal.

*

Deux sorciers opérant en forêt de Rambouillet retinrent mon attention.

À savoir le Premier Surveillant de la Loge noire de Versailles, Antoine Lebourbin, juge d'instruction au tribunal de grande instance de ce chef-lieu du département des Yvelines et haut lieu du Grand Siècle.

Et le Maître de la Loge noire de Stains, chef d'entreprise, PDG de Du Céril Logistic & Cie, société spécialisée dans la fabrication de conteneurs, établie dans la zone industrielle d'Épinay-sur-Seine, Antoine du Céril, issu d'une famille de tanneurs, originaires de Lodincourt, dans le Nord.

Sur initiative du Vénérable Maître de la Loge Héliopolis, Lebourbin et du Céril furent placés sous surveillance rapprochée par des policiers de la DST persuadés de remplir une tâche entrant dans le cadre légal de leurs attributions.

AUJOURD'HUI

MORNAIS 2.

CHAPITRE 38

Je descends de mon petit nuage.
Pas de Gaspard Janviel.
Je suis venu à Paris pour rien.

Le sieur Janviel a vendu sa librairie à l'enseigne de *La neuvième Lame*, rue des Francs-Bourgeois, en janvier 2004. Et son appartement de la rue de Rivoli peu après. Le libraire qui lui a succédé a mis la clé sous la porte en 2006. Aujourd'hui, c'est un tatoueur qui a pris le relais.

— J'ai bien connu Monsieur Janviel, un vrai puits de science, et drôlement sympa, m'annonce le tatoueur en me raccompagnant sur le seuil de sa boutique qui n'a pas l'air de désemplir. Il avait l'intention de se retirer dans le Midi. Mais je n'en sais pas plus. Son notaire était maître Sollers, boulevard Hausmann. Je suis navré de ne pas pouvoir vous rendre service, capitaine. Vos collègues du commissariat central du quatrième arrondissement pourront peut-être vous renseigner de manière plus précise. Monsieur Janviel y a eu ses petites entrées à une époque. Il était très ami avec le chanteur Serge Guinsbourg, tous deux contribuaient à la bonne santé financière de l'amicale du commissariat.

Au sortir de la librairie, je mets le cap sur la rue Lepic.

Je ne reste pas longtemps dans « mon » studio. Je prends juste une douche et change de fringues.

Périphérique.

Autoroute A1.

Sortie Senlis.

Embouteillage jusqu'à la place Gérard de Nerval.

Je ne sors pas de la Peugeot 307. Je lève la tête vers la fenêtre d'où Suzanne me faisait signe, le lundi matin, quand je partais pour l'école de police. Avant qu'elle soit enceinte d'Adeline. Dans mon autre vie.

Je chiale comme un gosse. Longuement.

Avant de me ressaisir.

Je quitte Senlis pour reprendre l'autoroute du Nord. J'ai besoin de retourner voir Rusti. Il faut qu'il me file de nouveaux biscuits...

*

J'ai bien fait de me repointer au SRPJ de Lille. D'insister auprès de Rusti. Lourdement.

En quittant son bureau, j'ai de quoi me sustenter pendant un petit moment. Anaïs est une sorte de pain perdu...

Direction Lyon.

Je croise les doigts pour que mes recherches prennent enfin un tour probant.

HIER

JANVIEL 3.

CHAPITRE 39

Antoine Lebourbin et Georges du Céril, en 1981, après l'accession de François Mitterrand à la présidence de la République, se mirent à fréquenter le Quai Branly. Plus exactement, ils furent reçus au domicile personnel de François Brittel-Midi, conseiller spécial de Mitterrand, chargé du renseignement,.

Adresse intéressante, car elle était — avant tout — celle du président, ignorée des Français.

Le président avait une double vie.

Il avait une fille cachée qui était la filleule de Brittel-Midi et cette filleule vivait avec sa mère dans le même immeuble du Quai Branly, propriété de l'État français. Bref, Brittel-Midi et la famille cachée du président Mitterrand partageaient la même — et très secrète — adresse parisienne.

Partageaient-ils pour autant les mêmes secrets ?

La question méritait d'être posée.

Et notre Vénérable Maître se la posa avant de la poser en loge.

Il avait ses raisons.

François Brittel-Midi avait participé à l'implantation *stay-behind* sur le sol français.

Il s'était occupé plus particulièrement de la création et du développement d'un réseau « Arc-en-ciel » à Lyon, la ville chère à Jacques Bergier et à Fulcanelli.

Il avait aussi fondé dans la capitale des Gaules une loge maçonnique sauvage de nature « écossaise » à l'époque où Mitterrand exerçait la fonction de ministre de l'Intérieur au sein du gouvernement Mendès-France (1954-1955).

La loge Arc-en-ciel, la bien nommée.

Cette loge appelée à prospérer à l'ombre du *stay-behind* abritait-elle un atelier magie ?

La réponse était oui.

Et cet atelier magie avait été créé par le Premier Surveillant, un certain Jacques Bréder.

*

Ancien résistant, ancien déporté, Bréder était un « national » comme Brittel-Midi. Membre de la Grande Loge Nationale « Opéra », il se livrait à la magie évocatoire parmi les ruines d'un château, à une cinquantaine de kilomètres de Lyon, en compagnie de Reynald Brilland, Grand-Maître de l'Antichambre de la Rose-Croix, une organisation initiatique fondée à la Belle Époque par un Américain de retour d'Égypte.

Bréder avait quitté la loge Arc-en-ciel et la Grande Loge Nationale Opéra pour fonder la Grande Loge Hexagonale Rectifiée en 1958, afin d'aider Jacques Foccart, âme damnée du général de Gaulle, à peser durablement sur le destin de l'Afrique.

CHAPITRE 40

À l'Élysée, François Brittel-Midi hérita des dossiers du Soudan, du Pakistan, de l'Irak, du Maroc, du Gabon, du Congo-Brazzaville notamment.

Il coordonna des activités de renseignement et de diplomatie parallèle théoriquement définies par le Président. Avec une marge de manœuvre dont ne disposaient pas les autres conseillers spéciaux.

Cette marge de manœuvre s'expliquait par la proximité que « le Cardinal » ou « duc de Guise » entretenait avec les services de renseignements américains. Après avoir financé la création du magazine *L'Express*, Brittel-Midi avait favorisé l'ascension politique de François Mitterrand (atlantiste convaincu) à la demande de Washington et de Langley.

Le Cardinal était l'homme des Américains à l'Élysée. Il était donc le mieux placé, après le départ du président Giscard d'Estaing et celui du comte Alexandre de Marelle, alias « Porthos », patron du SDECE (notre CIA hexagonale encore appelée « la Piscine), pour récupérer le Safari Club.

*

Le SC était un organisme sans existence légale, échappant à tout contrôle étatique, destiné à lutter contre le communisme en Afrique et au Moyen-Orient. Un mini *stay-behind*, un sous-club de Bilderberg placé sous tutelle française auquel appartenaient les patrons des services marocains, saoudiens, iraniens et égyptiens.

Congo-Brazzaville, Gabon, Centrafrique, Rwanda, mais aussi Irak, Jordanie et Syrie étaient considérés comme particulièrement sensibles par le Safari Club.

Autant de pays où Georges du Céril, Maître de la loge noire de Stains, se rendait régulièrement dans le cadre de ses activités industrielles.

Ses conteneurs y étaient fort appréciés.

CHAPITRE 41

Du Céril se rendait en Afrique et au Moyen-Orient en jet privé.

Il voyageait rarement seul.

Un commissaire de la DST avait coutume de l'accompagner. Un Corse. Dont le frère aîné régnait sur les maisons de jeux du Gabon et du Congo-Brazzaville.

Ce commissaire était l'un des VRP de la Sofréti, société française d'exportation de matériel de sécurité (radars, sondes de déminage, portiques de détection...) détenue à 35 % par l'État et placée sous la tutelle du ministère de l'Intérieur. Sa présence à bord du jet privé de Georges du Céril n'avait rien d'incongru. La Sofréti traitait avec la société Du Céril Logistic & Cie de Stains pour la fabrication et la livraison des conteneurs résistant aux explosions dont se montraient si friandes les autorités portuaires du Gabon.

Un autre personnage profitait volontiers du jet privé de du Céril.

Reynald Brilland, dit RB.

Grand-Maître de l'Antichambre de la Rose-Croix, une organisation initiatique d'origine américaine fondée en 1905, fortement implantée au Canada, en Europe et en Afrique subsaharienne, mais aussi membre éminent de la Grande Loge Hexagonale Rectifiée, obédience maçonnique « écossaise », liée aux services spéciaux français et aux multinationales du pétrole et de l'armement.

Depuis 1962, RB était soupçonné d'officier au sein d'une loge absente de l'organigramme de la GLHR, une mystérieuse « loge Hadès », dont les membres, d'après la mare aux canards du *Canard enchaîné*, occupaient des postes importants dans l'armée, la police, la finance, la diplomatie, les services spéciaux et la haute administration.

RB était de surcroît l'un des conseillers spéciaux d'Omar Bombolo, ancien membre des services spéciaux français, président du Gabon, pilier de la Françafrique et Grand-Maître de la branche gabonaise de la GLHR.

SAINT-ROCH 3.

CHAPITRE 42

Septembre s'avéra être un point de bascule.

Au sortir de chez Laurent Globo, le frère aîné de mon pote Francis, je fis part à mon père de notre découverte. Une petite salle de magie aménagée sous les combles de la demeure de Laurent à la demande de sa « fiancée », la jeune infirmière Françoise Fiévet, qui pratiquait la magie cérémonielle en compagnie des châtelains de Lodincourt et d'un commissaire de police parisien. Magie cérémonielle comportant un volet tantrique.

– Bien, grommela mon père, très bien. Puisqu'on en est au grand déballage, déballons. Et surtout ne prenons pas de gants. Quitte à devoir parler un peu de moi pour mieux comprendre la suite...

Florian de Saint-Roch, ancien sénateur-maire de Donche et auteur de mes jours, avait appartenu à la Grande Loge Hexagonale Rectifiée.

– Je l'ai quittée en 1994, Damien. Juste après l'assassinat de mon vieil ami François Brittel-Midi... Mais si tu n'es pas trop pressé, je peux te raconter le film en entier.

Mon père avait intégré tardivement le réseau Arc-en-Ciel. En mai 1962. À la demande de son « frère » François Brittel-Midi, membre de l'obédience maçonnique la plus influente au sein du complexe militaro-industriel français avec qui il était en affaire. En raison de sa proximité avec Mitterrand, « le Cardinal » était classé à gauche, mais il servait avant tout la France. Les barons gaullistes le respectaient.

En 1984, le Cardinal était tombé en disgrâce. Il s'était opposé à la branche dure du *stay-behind* français qui avait l'oreille de la cellule africaine de l'Élysée, fascinée par les ultras de l'OTAN, lesquels faisaient risette aux tueurs du Brabant et aux Brigades rouges italiennes.

Mitterrand s'était laissé convaincre par la cellule africaine de retirer à cet emmerdeur de Cardinal ses attributions en matière de renseignement et de diplomatie parallèle tout en lui gardant la gestion des chasses présidentielles. Brittel-Midi sauvait la face en conservant son bureau à l'Élysée, ses émoluments, son appartement du quai Branly et ses réseaux.

CHAPITRE 43

– Brittel-Midi m'a aidé à devenir sénateur en 1980, reconnut mon père, il a fait pression sur certains grands électeurs socialistes et divers gauche figurant parmi ses obligés. Nous prîmes l'habitude de déjeuner ensemble une fois par mois chez Jo Goldenberg, rue des Rosiers. Brittel-Midi était friand d'anecdotes croustillantes sur les présidents des groupes politiques et des commissions. Après sa nomination à l'Élysée, il m'a fait la gentillesse de m'inviter à passer le voir dans son bureau capitonné de l'aile ouest. Il était le seul conseiller de Mitterrand à avoir droit à une secrétaire particulière, un chauffeur, un garde du corps et un port d'arme... Il était au mieux avec mon ami Charles Pasqua, mais aussi Serge Dassault. En 1986, malgré sa disgrâce, il s'est mis à organiser des réunions à trois ou quatre dans son bureau de l'aile ouest. J'ai participé à certaines d'entre elles. J'étais en compagnie de gens du ministère de l'Intérieur marocain, d'hommes d'affaires libanais, d'émissaires de Rifat el-Assad. J'ai fait aussi quelques voyages pour le Cardinal au Liban, en Syrie, au Gabon. Seul ou en compagnie de mon ami Georges du Céril... Ah ! le Gabon !...

Flashback

Libreville.
Sa corruption, ses boites de nuit, ses instituts de beauté, ses promesses de concupiscence sous les boubous colorés...

Ses initiations.

Un certain soir de novembre. Dans un grand salon du palais des Congrès décoré de compas, d'équerres, de feuilles d'acacia s'ouvre la cérémonie de consécration de la Grande Loge Réformée du Gabon. Il y a là plus de deux cents frères venus de Saint-Jean de l'Estuaire, Port-Gentil et Franceville. On écoute tour à tour la Marseillaise et l'hymne national gabonais.

Florian de Saint-Roch est présent. Aux côtés de Georges du Céril et de Reynald Brilland, Grand-Maître de l'Antichambre de la Rose-Croix.

Mais un peu plus tard, après la cérémonie maçonnique, place aux retrouvailles profanes, dans une boite de nuit, avec une vieille connaissance du trio, rusé homme d'affaires, amateur d'occultisme exotique...

Donc pimenté.

Ce rusé homme d'affaires a arrangé une rencontre au bord du fleuve Ogoué avec un groupe de sorciers branchés sur la face sombre de l'au-delà...

Ils s'y rendent en limousine.

*

Calebasses passant de mains en mains. Breuvage au goût amer. Danses à la lueur des torches. Envie de plonger dans l'Ogoué.

Transes.

Tam-tam, clochettes, grigris.

Frissons garantis.

JANVIEL 4.

CHAPITRE 44

Grâce aux frères Kara, on continuait de « moissonner » tranquillement. D'engranger les infos, de les recouper. Bref, d'avancer.

Les sorciers de Saint-Merry avaient des « contacts » en Irak, en Syrie, au Yémen, en Afghanistan, au Nigeria, au Soudan, au Tchad qu'ils ravitaillaient, sous couvert de voyages d'affaires, en *attaches* alchimiques involutives destinées à fixer et démultiplier les formes-pensées tribales, guerrières, sanguinaires, émises lors de rituels visant à hâter la décomposition sociétale des nations précitées. Mais ils s'appliquaient surtout à « marabouter » l'âme de Paris, liée, depuis les Croisades, au karma du Moyen-Orient.

L'ouverture du chantier du Louvre était le plus sûr moyen d'y parvenir, avaient-ils estimé après approche évocatoire de la « Puissance » qui les protégeait.

Les spirites du XIXe siècle adoraient mener des expériences nocturnes au Louvre, l'ancien palais des rois de France, sis à la croisée du *Cardo* et du *Decumanus*, les deux lignes directrices de Paris (sud-nord, orient-occident). Mais peu nombreux étaient les occultistes qui voyaient en ce palais un laboratoire de transformation géopolitique recouvrant un « tourbillon magnétique » souterrain dont les effets se faisaient sentir jusque sur la ligne de Fontainebleau et au-delà...

Laboratoire et tourbillon utilisés, de longs siècles plus tôt, par le mage Nostradamus et la reine Catherine de Médicis, par le mage Cosimo Ruggieri et la reine Marie de Médicis.

François Mitterrand avait donné un habile coup de pouce aux magiciens de Saint-Merry en décidant de doter la cour Napoléon d'une pyramide de verre et d'acier. Savait-il — en choisissant un verre « Diamant » — qu'il s'apprêtait à « booster » les capacités de nuisance de cette cour servant de faitout au tourbillon magnétique souterrain du Louvre ? Le Sphinx, quoi qu'il en soit, allait doter ledit faitout d'un couvercle pyramidal de nature à transformer l'ensemble en « centrale » noire.

Cela faisait des années, d'après les frères Kara, qu'une poignée d'officiants, opérant à partir d'une cave de la rue de Bièvre, les soirs de pleine lune, lui envoyait des impulsions en ce sens. Le projet avait eu le temps de s'imprimer en son subconscient.

673 pièces de verre seraient utilisées.

Soit 666, nombre de la Bête, couronné par le septénaire (les 7 têtes du Dragon)...

CHAPITRE 45

L'articulation 666 + 7 signifiait la mise en place de redoutables combinaisons d'*attaches* mortifères appelées à marabouter l'âme de l'antique cité d'Isis.

Le miroir alchimique de Fulcanelli me fut d'un grand secours lors du suivi du chantier.

Il me permit de voir, au milieu des pelleteuses creusant la cour Napoléon, un tourbillon de formes démoniaques en provenance des plans de *l'inframonde...*

Tourbillon que je ne pus m'empêcher de relier au contenu d'une étrange lettre — écrite par François Mitterrand le 17 juillet 1943 — mentionnée par Pierre Péan à la page 324 de son excellent livre *Une jeunesse française*, paru chez Fayard et au Livre de Poche, que je m'étais fait fort de recommander aux plus fidèles clients de *La neuvième Lame*.

Lettre renfermant un passage lourd de sous-entendus, de nature à susciter bien des interrogations.

« Je ne puis être un chef, écrivait Mitterrand, que par la ruse ou par la terreur, ou **grâce aux réseaux impitoyables de l'inhumain**, mais alors, quelle force en moi, et qu'on me laisse ma chance, je la sens digne de gouverner. »

*

Les frères Kara privilégiaient une hypothèse échafaudée à partir de leur consultation des Tarots :

Mitterrand était un « égyptien »... Il s'était incarné à diverses reprises en Égypte antique. Il avait appartenu au clergé de Memphis. Il avait été chef des artisans, astrologue, prêtre-lecteur... Il n'était donc pas illogique d'inscrire son incarnation en 1916, en pleine Première Guerre mondiale, dans un cadre à la fois occultiste et politique. Son attrait pour l'occultisme, le tantrisme, le druidisme rendait inéluctable la rencontre — fortuite ou karmique — de Mitterrand avec l'un des **réseaux impitoyables de l'inhumain** (prospérant à Paris à l'ombre du Baphomet de Saint-Merry). Lequel réseau avait flairé en lui le candidat sérieux, l'« animal politique » capable d'accéder aux plus hautes charges de l'État.

CHAPITRE 46

Mitterrand — sa lettre du 17 juillet 1943 exhumée par Péan en témoignait — aspirait à être un chef.

Il était conscient que l'escalier menant aux charges qu'il souhaitait de toute son âme exercer à court, moyen et long termes (député, ministre, président du conseil, président de la République) comportait deux marches classiques, si l'on ose dire, en plein Kali Yuga.

La ruse.

La terreur.

Pétain et Laval, au moment où Mitterrand écrivait sa fameuse lettre, illustraient l'accession au pouvoir par la ruse et la terreur conjuguées. Accession particulièrement répugnante.

Mais il existait une troisième marche, plus iconoclaste.

Réservée à de rares « initiés ».

Une marche taillée à même la pierre impitoyable **de l'inhumain**. Extraite des carrières de l'*inframonde*.

Mitterrand connaissait l'existence de cette troisième marche non enseignée à Sciences-Po et n'en rejetait pas l'utilisation. Mieux, il en savourait par anticipation l'exercice : « quelle force en moi », écrivait-il.

Une force dont le miroir de Fulcanelli me donnait une petite idée des contreparties exigées en retour...

Au milieu des pelleteuses du Louvre.

SAINT-ROCH 4.

CHAPITRE 47

Mon père accepta de nous rejoindre.

Nous constituâmes une « petite cellule de crise ».

Laurent Globo y avait sa place, il la prit sans hésiter.

– J'étais raide dingue de Françoise, nous confia-t-il. J'ai fait sa connaissance en me faisant vacciner contre la grippe, le truc banal par excellence. Elle était infirmière libérale, tout le monde se l'arrachait dans le coin. J'étais divorcé depuis trois ans, ça s'est fait tout doucement, on s'est plu, elle m'a présenté à sa famille et elle s'est très vite installée chez moi... Elle n'a pas cherché à me dissimuler ce qu'elle faisait, question magie. Ça m'a moyennement étonné. Les du Céril avaient cette réputation-là.

Mon père l'approuva.

– On les disait un peu sorciers. Enfin, un peu beaucoup... Surtout avant-guerre ! Et ça ne s'était pas arrangé après le départ des Américains. De grosses cylindrées immatriculées à Paris et dans l'Oise franchissaient nuitamment les grilles du château. On faisait semblant de ne pas savoir, car les tanneries, les fonderies, les fermes, les métairies des du Céril donnaient du boulot aux gens et on ne mord pas la main qui vous nourrit... Mais on savait. Des détails très précis s'étaient même mis à circuler au milieu des années soixante.

– Oui, renchérit Laurent, on savait. On éprouvait un mélange de répulsion et de fascination... Chez moi, la fascination a fini par prendre le dessus. Et ça s'est aggravé avec l'arrivée de Françoise.

*

Edgar du Céril, alias Monsieur Edgar, avait appartenu à la Grande Loge suisse Alpina et à la Grande Loge Nationale indépendante et régulière pour la France et ses colonies avant de rallier la Grande Loge Hexagonale Rectifiée. Il s'occupait de ses tanneries en France et en Belgique, certes, mais aussi d'une grosse fonderie en région parisienne avec filiales à Beyrouth et Damas. Parallèlement à cela, il fut lié à l'implantation *stay-behind* dans le Nord et en Belgique dès 1948. Ensuite, il transmit le flambeau des réseaux anticommunistes franco-belges à son fils Georges, membre, comme lui, de la GLHR.

Après le décès de sa femme, survenu en 1949, Monsieur Edgar se retira dans un monastère libanais d'où il continua de diriger ses affaires. Il revint à Lodincourt au milieu des années soixante-dix pour y mourir des suites d'un cancer de l'estomac. Il avait amassé une fortune considérable au Liban.

CHAPITRE 48

Mon père admettait avoir pratiqué la magie chaldéenne au château de Londincourt dans les années 1962-1965.

Le rituel avait été ramené d'Irak par Georges du Céril. Il ne comportait aucun volet sexuel. C'est Georgette du Céril qui greffa à partir de 1965 des rites sexuels au rituel irakien, elle affirmait obéir à des injonctions oniriques en provenance d'une entité appelée Sishil.

Georgette était méchamment allumée. Elle prétendait que Sishil était vestale du temple de Shrela, déesse aux mille visages, à Cirphèse, une colonie atlante. Sishil se serait livré à la prostitution sacrée... Mon père jugea plus prudent de prendre ses distances avec cette folle dingue tout en restant proche de son frère Georges qui s'était beaucoup dépensé pour qu'il pût remporter les élections cantonales de 1961.

Pragmatisme et renvoi d'ascenseur obligent, l'auteur de mes jours se sentit obligé de donner un petit coup de main à Georges pour l'implantation des Comités de Défense de la République, les fameux CDR, poissons-pilotes du Service d'Action Civique.

*

Restait les « coïncidences ».
La liste était longue.
Mon père avait pratiqué la magie chaldéenne tendance Georges du Céril. Francis Globo et moi avions

pratiqué la magie assyro-chaldéenne à partir de rituels dictés de manière onirique par des entités assyriennes et chaldéennes. Georgette du Céril avait pratiqué la magie chaldéenne avec intervention onirique d'une entité nommée Sishil, laquelle se livrait à la prostitution sacrée durant son incarnation de vestale. L'infirmière Françoise Fiévet se livrait à la magie chaldéenne, tendance Georgette, avec les frère et sœur du Céril et des tiers parmi lesquels figurait un commissaire de police parisien, Alain Moron, membre du cabinet du ministre de l'Intérieur.

Mon père comptait parmi ses relations parisiennes un ancien directeur des Renseignements Généraux qui appartenait à la GLHR.

Il alla sonner à sa porte.

Démarche judicieuse. Il apprit que le commissaire divisionnaire Moron avait les dents longues. Et un sacré CV.

Membre de la loge Hadès, le nec plus ultra en matière d'affairisme maçonnique et de barbouzerie, assistant grand-maître de la GLHR, le partenaire sexuel de Françoise Fiévet avait intégré, deux ans plus tôt, la place Beauvau. Il était devenu le conseiller spécial pour les affaires africaines du ministre de l'Intérieur Robert Deblaffe.

JANVIEL 5.

CHAPITRE 49

Pour sa pyramide du Louvre, Mitterrand avait exigé l'utilisation d'un « verre Diamant » conçu tout spécialement par la manufacture Saint-Gobain.

Le Diamant exigé par le Sphinx — ou ceux qui étaient derrière lui — se devait d'être purifié et décoloré. Il fallait l'expurger de tous les oxydes ferreux et ferriques afin qu'il n'y eût pas de couleur verte (la couleur de vie) sur sa tranche.

Ce verre se voyait délibérément placé sous le signe de la **non-vie** avant même de sortir du four...

Pour réaliser le processus verrier mortifère avalisé (à défaut d'avoir été choisi) par Mitterrand et l'architecte Pei, il fut recouru à des sables spéciaux extraits de la forêt de Fontainebleau, chers aux maîtres verriers de Murano.

Là encore, les frères Kara s'activèrent.

Ils disposaient du côté de Saint-Merry d'informateurs qui avaient fait leurs preuves.

Nous ne fûmes pas étonnés d'apprendre que des rites nocturnes, en pleine forêt de Fontainebleau, avaient précédé l'extraction des sables... Des ossements humains avaient été enterrés par des officiants de Saint-Merry. Du sang d'animaux sacrifiés avait été versé. Des officiants avaient relayé d'autres officiants. Devant le Bilboquet du Diable. Le Chapeau de Napoléon. Dans les Sables du Cul de Chien...

Au total, 95 tonnes de produits verriers « alchimisés à rebours » furent utilisées pour couvrir une surface de 1900 mètres carrés.

Mais la production totale (soi-disant pour s'accorder une marge d'erreur) fut en réalité doublée. Comme le ballet des camions défonçant les allées forestières. Pour atteindre une production totale de 190 tonnes de produits appelés pudiquement « verriers ».

Et c'est ainsi que 1900 mètres carrés de verre mortifère mis à la disposition de la magie inversée s'en étaient allés, en des endroits très précis de l'Hexagone, hâter la décomposition sociétale de notre vieux pays. Sous l'habile prétexte d'équiper des vitrines de bijouteries et de magasins de luxe. Modernes chapelles érigées en l'honneur du dieu Mammon sur des lieux préemptés par les Forces noires et « travaillés » par des générations de sorciers.

*

Le miroir de Fulcanelli me permit de voir, dans les caves de certaines de ces bijouteries et autres magasins de fourrures, des salles de magie où officiaient des « opérateurs » vêtus et encagoulés de noir.

Ceux-ci « retravaillaient » les formes-pensées démoniaques venues du Soudan — en s'aidant des *attaches* à l'air libre que constituaient les vitrines alchimisées à rebours des chapelles de Mammon — afin de réaliser leurs objectifs contre-initiatiques et géopolitiques.

Ils « satellisaient » la France.

Ils la transformaient en base arrière des Ténèbres pour la grande bataille à venir.

CHAPITRE 50

Rambouillet — l'un des « réservoirs cosmo-telluriques » préférés des magiciens noirs de Saint-Merry avec Meudon et Fontainebleau — ne fut pas délaissé par Mitterrand.

Le monarque républicain commanda en 1993 au sculpteur tchèque Karen Zin une barque solaire de 7 mètres de long sur 3 mètres 8 de haut, pesant trois tonnes, destinée à être installée dans le parc du château.

Mitterrand se fit représenter nu, en fier nautonier, le visage émacié (la maladie le minait depuis de longues années) posé sur un corps d'athlète (ses incarnations antérieures).

L'inauguration se fit presque en catimini, le 9 octobre 1993.

La navigation solaire à rebours — l'aventure alchimique inversée placée sous la protection du **soleil noir** de l'*inframonde* — était lancée.

Le pharaon-président de la Ve République faisait savoir à ceux qui étaient capables d'en saisir la portée symbolique combien la traversée du *Finis Gloriae Mundi* se devait d'être conduite par des nautoniers habitués à se jouer des tempêtes, capables de susciter les plus hautes vagues et les plus épaisses brumes pour mieux donner aux équipages l'illusion de les dompter.

*

En décembre 1995, le président-pharaon français, arrivé au terme de son incarnation, se fit transporter au Caire. Il tenait à contempler une dernière fois le Nil avant de grimper à bord de la nef solaire... Il souhaitait passer en terre d'Égypte, en terre noire, en Kêmi, son dernier Noël.

En terre de France, des « tarés » s'apprêtaient à lui ouvrir la voie, sans nécessairement le savoir ou le deviner, dans le silence du Vercors cher à Brittel-Midi. Lesquels tarés étaient manipulés par un « Grand-Maître secret » et une Loge noire basée à Zurich, aussi sauvage qu'écossaise, liée à une autre Loge noire basée à Paris.

Ils effectuèrent au lieu-dit *le puits* ou *trou de l'Enfer*, dans la nuit du 15 au 16 décembre, un rituel de « transit », d'embarquement post-mortem, de navigation vers l'étoile Sirius, avant d'être liquidés par des tueurs. L'un de ces tueurs, inspecteur de la police française, appartenait à un cercle lié aux **réseaux de l'inhumain**. Ce tueur fut ensuite éliminé par des « effaceurs » à la solde de la Loge noire de Zurich.

CHAPITRE 51

Les nautoniers du Vercors avaient entrepris de naviguer vers l'au-delà, guidés par l'étoile Sirius, fort prisée des pharaons et prêtres égyptiens.

Au nom de l'Ordre du Temple Solaire (solaire comme le culte d'Aton, la forme visible du dieu Ré, instauré à Héliopolis, près du Caire, où fut édifié un temple dont l'emplacement a été perdu).

Ils ouvraient la marche à l'étoile à rebours.

Tandis que dans la Loge noire de Zurich qui téléguidait depuis sa création l'OTS, treize officiants entamaient un rituel égyptien dit « de Memphis » visant à canaliser les souffles vitaux montant du Vercors, à les emprisonner dans un *Vase canope solaire* — rappelant l'*Ougs Khang*, la « Maison du Souffle vital » vers lequel convergent les souffles des mourants du monde entier, selon la tradition tibétaine — pour mieux briser ledit vase lors d'un rituel à venir...

*

Treize jours après le massacre perpétré au trou de l'enfer, soit le 29 décembre 1995, Mitterrand quittait l'Égypte.

Il lui restait dix jours à vivre avant d'embarquer à la manière du Livre des Morts.

Il s'éteignit à Paris le lundi 8 janvier 1996.

Dans la nuit du 8 au 9 janvier — la nuit de la *brisure du Vase canope* — neuf personnes encagoulées de noir se rassemblèrent à la proue de la barque solaire de Rambouillet et aidèrent à « l'extraction » du Sphinx...

D'après les frères Kara, une barque de brouillard verdâtre se superposa au modèle en bronze avant de s'élever doucement dans la nuit au rythme des incantations des encagoulés.

L'ancien nautonier de l'Élysée s'éloignait vers le royaume des morts.

L'encens des cassolettes disposées autour de la barque solaire, loin des pompes élyséennes et de l'intimité de Jarnac, accompagnait le grand départ du Sphinx dans la froidure de l'hiver.

AUJOURD'HUI

MORNAIS 3.

CHAPITRE 52

Marseille sous la morsure de février.

Pyat Auphan, quinzième arrondissement. Des poubelles renversées, des tonneaux cabossés, des sofas éventrés servant de check-points aux dealers.

Je trouve le squat facilement.

Immeuble délabré.

Trois étages encombrés de gravats. Une seule locataire. Perchée au troisième. Elle m'a donné pas mal de fil à retordre avant que je bousille la porte de sa piaule d'un coup d'épaule. Je l'ai cherchée à Lyon, à Tours, à Angers. D'immeuble désaffecté en immeuble désaffecté. De cage d'escalier pourrie en cage d'escalier pourrie. Insaisissable feu-follet. Junkie alcoolisée.

Mais la voilà.

Aujourd'hui. Maintenant.

Sous mes yeux.

Défoncée. Dans sa piaule aux fenêtres ne laissant passer que de rares rais de lumière à cause des planches clouées en travers.

Je la fais vomir dans le seau de plastique rouge qui lui sert de W.C. portatif.

Je nettoie son t-shirt.

Je lui passe un linge mouillé sur le front. Et j'attends qu'elle ouvre les yeux, qu'elle parvienne à retrouver un semblant de lucidité, à articuler deux, trois phrases convenables.

J'attends en fumant des Camel, indifférent aux boites de Lexomil et de Subutex empilées sur le cageot retourné qui lui sert de table de nuit.

CHAPITRE 53

— Et je gagne quoi, moi, si je parle ?...

Je sors mon portefeuille. J'aligne deux billets de 50 euros sur la couverture maculée de taches.

— Pour commencer, dis-je.

Elle prend les billets, les glisse sous son traversin.

— Il était gentil avec moi, Robert. Je vivais grâce à lui dans une maison coquette, je ne manquais de rien. Je ne faisais pas grand-chose. Un peu de ménage en écoutant de la techno, un peu de cuisine. Il m'offrait des bracelets, des colliers, il m'emmenait danser en Belgique le samedi soir.

— Il te parlait de son travail, le capitaine Van Bruchel ?

Elle hoche la tête.

— Des fois oui, mais pas tout le temps...

Je ré-aligne deux billets de 50. Ils ont tôt fait de rejoindre les autres sous le traversin.

— En tout cas, l'enquête du château de Lodincourt, ah ! ça oui, il m'en a parlé ! Je m'en souviens comme si c'était hier... Le soir où il est pas rentré, je me suis pas inquiétée. J'ai cru que c'était à cause de son enquête sur le châtelain décapité et sa vieille frangine qui avait disparu avec son fauteuil roulant... Mais au bout de deux jours, ce sont ses collègues du commissariat qui sont venus me voir. Puis le vieux Baron... Quand j'ai été virée de chez Robert par son fils rentré d'Australie ou de Nouvelle-Zélande, je sais plus trop, pour récupérer sa part d'héritage, c'est le vieux Baron qui m'a recueillie chez lui.

CHAPITRE 54

Elle parle, elle parle.

Du laborieux, du touffu, du décousu. Mais je fais le tri, je réajuste, je remets de l'ordre dans sa logorrhée.

Je remets aussi deux billets sur la couverture. Puis deux autres.

Un scénario se dessine. Tout à fait crédible, tout à fait acceptable.

Elle ne savait pas pour Baron, je la crois volontiers.

Au départ, le vieux divisionnaire honoraire joue au bon Samaritain avec elle. Il lui offre le gîte et le couvert. Il cherche surtout à l'éblouir, à obtenir plus si affinités, il l'inonde de fric. Quand il obtient les affinités, il l'emmène à Paris chez les grands couturiers. Il la couvre de bijoux. Ça ne lui coûte pas grand-chose à Baron, vu qu'avant de liquider Van Bruchel, il a fait main basse sur le magot caché des du Céril. Un magot infâme. Arraché aux Juifs d'Anvers pendant la Guerre, d'après ce que m'a dit mon vieux pote Patrick Rusti, ce cher commandant Rusti qui a hérité de l'enquête après le suicide de Baron.

Les du Céril jouaient les passeurs pendant la Seconde Guerre mondiale. Mais les diamantaires juifs qui transitaient par le château de Lodincourt, persuadés de passer bientôt en zone libre avant de rejoindre la Suisse, ne faisaient pas de vieux os.

Ils étaient exécutés à la mitraillette Sten dans les caves du château puis rejoignaient, délestés de leurs lingots d'or, de leurs bijoux et de leurs diamants, une fosse commune creusée dans le parc.

En tombant sous des balles françaises, les diamantaires anversois étaient à mille lieues de penser qu'il étaient exécutés par des membres de la Résistance intérieure...

Les du Céril furent décorés à la Libération pour avoir contribué à libérer la France du joug allemand.

Ils s'étaient arrangés pour venir grossir les rangs d'un réseau de résistants de la dernière heure qui se vit intégré, à l'aube des années cinquante, à un machin anticommuniste baptisé « arc-en-ciel », fortement implanté en France et en Belgique, d'après Rusti.

HIER

JANVIEL 5.

CHAPITRE 55

Quand il avait commandé au sculpteur tchèque Karen Zin la barque solaire de Rambouillet, Mitterrand savait que la mort le guettait.

Savait-il qu'elle rôdait aussi autour de son vieil ami-ennemi Brittel-Midi ?

Jeudi 7 avril 1994.

13 ans après l'accession de la gauche au pouvoir.

13, nombre de la mort. Il est 20 heures. Un coup de feu claque. Brittel-Midi vient de se faire sauter la cervelle dans son bureau capitonné de l'Élysée. Panique. Branle-bas de combat.

Version officielle : suicide par arme à feu à l'aide de son arme personnelle. Éléments de langage fournis par le staff du château : Brittel-Midi était dépressif, au bout du rouleau. Une journaliste qui avait les faveurs de l'entourage mitterrandien ira même jusqu'à avancer, sans rire, que Brittel-Midi était amoureux du président et jaloux.

Version off, plus pragmatique : François Brittel-Midi avait balancé une nouvelle fournée d'informations explosives au juge Jean-Paul qui continuait de s'intéresser aux circuits de financement du PS, aux revenus suspects et à la mort non moins suspecte de Roger-Patrick Pelade, vieil ami de Mitterrand.

La « Circus-Parade » ouverte avec l'hospitalisation controversée de Pelade s'était prolongée par la petite promenade au bord de l'eau de Pierre Bérégovoy,

« suicidé » le 1er mai 1993 à Nevers avec l'arme de service du policier chargé d'assurer sa protection rapprochée. Une arme que ce même policier avait malencontreusement « oubliée » dans la boite à gants du véhicule mis à sa disposition (ce qui faisait un peu désordre, mais, dans l'urgence, on improvise, on bricole, on fait ce qu'on peut).

Cerise sur le gâteau des règlements de comptes mitterrando-mitterrandiens, François Brittel-Midi, dit le Cardinal, venait d'achever la rédaction de ses mémoires ô combien dérangeants !

Enfin, le Cardinal avait monté, dans le dos du Florentin, une cellule clandestine chargée d'enquêter sur la situation dramatique du Rwanda.

*

Grâce au Vénérable Maître de la Loge Héliopolis, je pus mettre deux noms et deux visages sur la cellule clandestine montée par Brittel-Midi.

Le nom et le visage de baroudeur du capitaine Paul Fual, officier de gendarmerie en disponibilité, ancien numéro 2 du GIGN qui adorait défrayer la chronique et passer à la télé. Mis sur la touche depuis la fameuse affaire des Irlandais de Vincennes. Reconverti dans la protection des dictateurs africains.

Le nom et le visage de play-boy du commissaire Alain Moron, inconnu du grand public. Major de promo. Élément éminent de la DST. Membre de la Grande Loge Hexagonale Rectifiée.

CHAPITRE 56

Moron faisait des heures sup pour la société *Efficacité* de Fual installée à Paris, boulevard Raspail, spécialisée dans la protection rapprochée des tyrans africains.

Il avait été mêlé à **l'Opération insecticide** engagée en 1993 par le président rwandais Juvénal Habyarimana, chouchou de Mitterrand. Laquelle opex consistait à débarrasser le Rwanda des blattes et cafards indésirables aux yeux des Hutus, à savoir les Tutsis.

Facture : 3 millions de dollars.

En fait, il s'agissait d'une livraison d'armes. Des millions de cartouches de Kalachnikov et de mitrailleuses, des milliers d'obus et de grenades, et accessoirement une « opération homo » : la liquidation (manquée) du leader de la rébellion, Paul Kagame, dans son QG de Mulundi, une usine à thé abandonnée, à l'est du Rwanda.

Moralité de cette histoire totalement amorale : François Brittel-Midi s'était fait rouler dans la farine par les « Rwandais » de la cellule Afrique de l'Élysée qui couvraient les errements de Fual et de Moron, lesquels roulaient pour les « Rwandais » et non pour Brittel-Midi.

Résultat, le Cardinal se « suicida » — au gré de son plein insu — dans son bureau de l'Élysée le 7 avril 1994.

Le lendemain de l'assassinat en vol de Habyarimana.

Son appartement du Quai Branly fut « nettoyé ». Ses mémoires disparurent.

*

Le génocide rwandais fit entre 800 000 et un million de morts.

Le miroir de Fulcanelli me renvoyait des images de sorciers hutus dégoulinant de sang, les mains plongées dans des entrailles fumantes d'animaux. Les braises rougeoyaient devant leurs cases. Des vents venus du Soudan et de Haute-Égypte les attisaient. Les sorciers dansaient sur les braises et vidaient des calebasses emplies de sang humain.

Des ombres les entouraient, venues de *l'inframonde*. Semblables à celles que j'avais entraperçues sur le chantier du Louvre, lors du creusement de la cour Napoléon.

SAINT-ROCH 5.

CHAPITRE 57

Alain Moron, nommé commissaire principal en 1995, divisionnaire en 2002, était hors de notre portée. Il remplissait des missions en Afrique pour le compte du ministre de l'Intérieur... Impossible de lui coller aux fesses pour l'heure.

Nous nous repliâmes sur notre pré carré, Lodincourt et ses environs. Nous reprîmes l'affaire à zéro.

Une personne semblait avoir été négligée par les policiers lors de l'enquête judiciaire déclenchée par la décapitation d'Edmond du Céril. Anaïs Dufrétel...

La « fiancée » du capitaine de police Robert Van Bruchel.

Elle n'apparaissait pas dans la procédure diligentée au lendemain de la disparition de cet officier de police affecté à Coignette-sur-Broule. Aucun procès-verbal d'audition signé de sa main ne figurait dans le dossier transmis au parquet. Son nom ne figurait pas davantage dans le P.V. de saisine ni dans le rapport de synthèse.

Pourtant Anaïs Dufrétel avait vécu trois ans avec Van Bruchel, elle était l'une des dernières personnes à l'avoir vu vivant.

Nous entreprîmes de la retrouver.

Nous nous tournâmes vers un commandant de police dont le beau-père, bijoutier à Valenciennes, entretenait d'excellentes relations avec mon père.

Le commandant Patrick Rusti.

Bonne pioche.

*

Anaïs Dufrétel s'était montrée très coopérative dès le début de l'enquête. Elle avait continué de se montrer coopérative après s'être installée chez Baron, filant au commandant Rusti des tuyaux qui étaient loin d'être crevés. Des tuyaux dérangeants.

Tellement dérangeants qu'ils avaient effrayé le procureur de Trachan.

D'après Baron, il y avait des cadavres dans le parc du château. Les cadavres des diamantaires juifs que les du Céril avaient liquidés pendant la guerre... Aussi le commandant Rusti avait-il rendu compte à sa hiérarchie et au procureur de la République, lesquels avaient alerté la place Beauvau et la place Vendôme. Ne bougez pas, ne bougez surtout pas, leur avait-on intimé en retour.

Raison d'État.

Patrick Rusti n'avait pas insisté. D'autant que peu après, son bureau avait été visité. Ainsi que son domicile personnel.

Ça pue, s'était-il dit. Je n'ai pas intérêt à la ramener, vaux mieux que je me fasse tout petit.

CHAPITRE 58

Mon père contacta Rusti au bon moment.

Ancien sénateur-maire de Donche, au mieux avec le sous-préfet et le procureur de Valenciennes, mon père pouvait être un appui de choix pour Rusti en cas de « cafouillage » hiérarchique. L'intéressé le comprit, il choisit de se montrer bavard.

Il « balança » même, carrément.

L'inspecteur divisionnaire honoraire Baron en savait plus long qu'il n'en paraissait sur la décapitation de Georges du Céril, la décapitation de l'ancien procureur Lebourbin, la disparition de Georgette du Céril et celle du capitaine de police Van Bruchel.

D'après les confidences que Baron avait effectuées sur l'oreiller à l'ancienne concubine du capitaine Van Bruchel, il y allait même avoir de nouveaux morts...

Et on avait retrouvé l'infirmière Françoise Fiévet pendue dans le parc du château de Lodincourt, dans la matinée du dimanche 27 juillet.

Et le procureur de Trachan, avisé au sortir de la messe, avait regardé ailleurs si personne n'y était.

*

Rusti avait eu le nez creux. Une semaine avant la pendaison de Françoise Fiévet, il avait conseillé à

Anaïs Dufrétel, l'ancienne concubine de Van Bruchel, de prendre la tangente.

Il lui avait remis un téléphone portable prépayé pour qu'elle puisse l'appeler en cas de danger.

Anaïs avait puisé dans le portefeuille et la réserve de diamants de Baron pour assurer ses arrières.

Adieu Coignette-sur-Broule.

Direction Lyon où vivait sa sœur aînée.

*

Depuis, Anaïs Dufrétel avait appelé le commandant Rusti à deux reprises à l'aide de son portable prépayé. Des gens venus de Paris la cherchaient... Elle avait été contrainte de changer de squat.

Rusti avait aussi reçu des coups de fil de quelqu'un qui s'intéressait de très près aux agissements de Baron et du commissaire Moron.

Un certain Gaspard Janviel.

Un ancien libraire parisien qui avait apparemment le bras long. Qui disposait en tout cas de « contacts » au plus haut niveau de l'appareil policier et de l'appareil judiciaire français.

CHAPITRE 59

J'aurais dû dissuader mon père de se rendre chez Baron, le samedi 6 décembre.

C'était trop risqué, trop dangereux.

— Si je ne suis pas revenu avant la tombée de la nuit, tu appelles le commandant Rusti, m'avait intimé mon père. Baron a appartenu au *stay-behind*, j'en détiens les preuves dans mon coffre. Officiellement le *stay-behind* Arc-en-ciel a été dissous en 1981, lors de l'arrivée de la gauche au pouvoir. Et définitivement enterré en 1990, avec le scandale Gladio italien. Sauf qu'en 1986 et 1996, les Belges nous ont livré de pleines caisses de nouveau matériel. Des Uzi, des grenades quadrillées, des Kalchikov... C'est Baron qui a réceptionné les caisses, sur décision de Georges du Céril. Et il les a éparpillées dans diverses caches de la région. Je ne me suis pas privé de photographier le contenu de certaines de ces caisses, au cas où... Je vais lui demander de coopérer avec nous, de se livrer à la justice. Plus j'y pense, plus je me demande si nous ne sommes pas confrontés depuis la décapitation de du Céril et de Lebourbin à un banal processus de liquidation, habillé de cruauté pour égarer les enquêteurs... On liquide une queue de réseau qui a merdé. Du Céril a dû tremper dans un truc pas net, probablement en Afrique étant donné qu'il s'y rendait tous les deux, trois mois en jet privé. Et c'est Baron qui a été désigné pour se débarrasser des du Céril. Et se débarrasser du pauvre Van Bruchel qui avait peut-être appris des trucs qui ne le regardaient pas...

*

Mon père n'était pas rentré.

Je l'avais attendu en vain dans son bureau, les yeux rivés sur la pendule Boulle.

J'avais appelé Rusti un peu après minuit. Je l'avais tiré du sommeil. Il était passé me prendre en voiture, on n'avait rien remarqué d'anormal du côté de chez Baron. La maison de l'ancien flic était plongée dans l'obscurité la plus totale. On était passés par les jardins sans rencontrer âme qui vive. Silence complet dans la véranda.

Pas de cabriolet Mercedes dans les parages.

*

Des promeneurs alertèrent le commissariat de Valenciennes le dimanche 7 décembre à 10 h 5 très exactement.

Mon père gisait à l'intérieur de son cabriolet Mercedes, affalé sur le volant. Dans une allée du bois de Raismes.

Il s'était « suicidé » avec un Smith & Wesson qui n'était pas le sien. Il s'était tiré une balle dans la tempe droite. Il avait des traces de poudre sur les doigts.

Le parquet de Valenciennes jugea inopportune la demande d'autopsie formulée par le commandant Rusti.

CHAPITRE 60

D'après le médecin légiste, mon père était décédé le samedi 6 décembre entre 20 heures et 21 heures.

L'inspecteur divisionnaire honoraire Baron avait appelé la permanence du *Républicain Nordiste* pour confesser ses crimes le dimanche 7 décembre à 9 heures du matin.

Avant de se tirer, comme mon père, une balle dans la tête.

*

D'après l'enquête diligentée par le commandant Rusti, des voisins avaient entendu ce même dimanche des portières claquer de grand matin et vu deux voitures stationnées sur le trottoir et dans l'allée de garage de Baron, mais aucun d'eux n'avait jugé utile de relever leurs immatriculations.

Ils n'étaient pas davantage en mesure de préciser le modèle ni la couleur des véhicules en question.

À la demande du parquet, Rusti ne mentionna pas ces éléments dans son P.V. de saisine.

*

Dans la matinée du mercredi 8 décembre, les enquêteurs découvrirent — après avoir pratiqué une ouverture à la masse et au burin — dans une petite crypte dissimulée derrière une paroi en parpaing masquée par des casiers à bouteilles, au fond d'une des caves du château de Lodincourt, le cadavre décapité du capitaine de police Robert Van Bruchel et celui, tout ratatiné, de Georgette du Céril, dans son fauteuil roulant.

Tous deux en état de décomposition avancée.

CHAPITRE 61

Le jeudi 9 décembre, en présence de représentants du parquet de Trachan et du comité français pour *Yad Vashem*, des fouilles furent opérées dans le parc du château de Lodincourt.

Des restes humains furent exhumés.

Les restes d'une dizaine d'hommes, de femmes et d'enfants.

Suivis d'autres restes humains dans la journée du 10 décembre.

Et d'autres encore les 11 et 12 décembre.

Bilan des exhumations communiqué par le procureur de la République de Trachan dans sa conférence de presse du 14 décembre en présence de l'ambassadeur d'Israël :

42 femmes.

25 hommes.

26 enfants.

*

La veille de Noël, le commandant Rusti reçut une promotion en forme d'affectation au SRPJ de Lille.

*

Le 18 janvier, à midi, je reçus le premier coup de fil de Monsieur Janviel.

Le temps de nettoyer le coffre-fort de mon père, de placer dans un grand carton les archives concernant le réseau Arc-en-ciel, je reçus le second coup de fil.
Je quittai Lodincourt au volant de ma BMW.
Direction Bormes-les-Mimosas.

Je comprenais mieux pourquoi l'ancien ministre Dubreuil, sa maison de prod et son petit protégé Rudi Samier s'étaient arrangés pour m'appâter avec leur prétendu scénario... Dubreuil tenait à être informé de mes faits et gestes.
Et des faits et gestes de mon père.

AUJOURD'HUI

MORNAIS 4.

CHAPITRE 62

Marseille, mardi 10 février

J'emmène la gamine manger un morceau. Chez Passedat, près du Vieux-Port. On parle de tout et de rien. Surtout de rien.

On n'aborde les choses sérieuses qu'au dessert.

– Le commissaire Moron, tu l'as déjà vu ?

– Non. Mais il appelait souvent Baron au téléphone, en pleine nuit. Baron en avait peur... Moron voulait qu'il tue l'ancien sénateur-maire de Donche, mais Baron n'était pas très chaud, il cherchait à gagner du temps.

– Dernière question. Mais tu n'es pas obligée de répondre. Les diamants que tu as piqués au vieux Baron, tu les as toujours ?

– Oui. Je les ai planqués... Histoire de voir venir. Des fois qu'un jour le bonheur déciderait de venir me faire un petit coucou... Comme dans les téléfilms. »

Je la ramène à son squat vers 15 heures.

Avant de rouler vers Bormes-les-Mimosas.

*

Je franchis les grilles de la villa de Gaspard Janviel à 16 h 30, après avoir montré patte blanche à deux colosses lourdement armés.

L'accueil, à l'intérieur de la villa, est des plus chaleureux.

– Merci d'avoir eu la délicatesse de répondre à chacun de mes SMS, monsieur Mornais. Soyez le bienvenu...

– Merci monsieur.

Janviel est un vieillard affable qui s'appuie sur une canne à pommeau sculpté. Je le suis jusqu'à son cabinet de travail orné de tableaux qui doivent valoir un bras. Ne serait-ce que les deux Seurat surplombant le fauteuil qu'il me désigne avant de faire entrer l'homme que je cherche depuis des semaines.

– Monsieur Damien de Saint-Roch...

SAINT-ROCH 6.

CHAPITRE 63

Tout en tendant la main au nouvel arrivant, je m'applique à esquisser un sourire qui se veut enjoué.

— Enchanté.

— J'avais hâte de vous rencontrer...

Il hoche la tête sans cesser de me broyer les phalanges. Je continue de lui sourire tandis qu'il s'installe dans le fauteuil que lui a désigné notre hôte. Pour un ex-policier qui se trouvait en état de semi-clochardisation le mois dernier, il s'est vite réadapté.

— Votre venue est réconfortante après le drame ayant frappé la famille Saint-Roch, déclare Gaspard Janviel.

L'ancien capitaine du 36, Quai des Orfèvres hoche la tête. Il sait ce qui est arrivé à mon père.

— Vous faites l'objet d'un « contrat », révèle notre hôte après avoir observé un assez long silence.

Mornais fronce le sourcil.

— Oui, un CDI, marmonne-t-il, signé en décembre dernier.

Sourire de Janviel.

— Je crains que nous ne parlions pas du même contrat.

*

Pendant que le maître des lieux continue de bavarder avec l'ancien capitaine de police, j'envoie un texto à mon pote Francis Globo pour lui dire que la situation continue d'être sous contrôle.

Par prudence, Francis et son frangin Laurent se sont planqués sur la côte d'Opale.
Dans un Sofitel.
Le temps que ça se décante.

MORNAIS 5.

CHAPITRE 64

Heureusement que je suis assis.

Janviel vient de faire entrer le grand Black qui m'a tiré d'une grange pourrie, le mois dernier, pour m'emmener dans la villa de Deauville de l'ancien ministre Claude Dubreuil et m'offrir une nouvelle vie.

– Victor ! dis-je.

Le grand Black secoue la tête en souriant.

– Non, mon véritable prénom est Charlélie...

La suite, je l'écoute sans broncher.

J'ai été mené en bateau. Et méchamment. Le ministre Dubreuil voulait ma peau dès le départ. Il comptait sur moi pour le mener à Damien de Saint-Roch. Une fois la planque du fugitif dénichée, Charlélie devait me liquider et liquider Saint-Roch. Puis récupérer la mise. La Peugeot 307, l'attaché-case renfermant ce qu'il restait des vingt mille euros qu'il m'avait filés pour m'appâter.

– Évidemment, ricane Janviel, Dubreuil ignorait et continue d'ignorer que Charlélie travaille pour la structure discrète à laquelle j'appartiens, monsieur Mornais. Une structure qui se préoccupe d'obscure diplomatie, autrement dit qui veille à ce que la géopolitique ne s'éloigne pas trop de la morale... Vaste programme !

Je suis trop scotché pour réagir.

– Bref, monsieur Mornais, comme je l'ai fait et continue de le faire pour monsieur de Saint-Roch ici présent, je vais vous offrir l'hospitalité pour quelque temps... Le temps que la petite structure que je viens d'évoquer voie les négociations qu'elle a entamées avec des représentants de l'État lui donner satisfaction... En attendant, sachez que l'inspecteur divisionnaire honoraire Baron a été assassiné par des hommes de main d'un certain commissaire divisionnaire Alain Moron. Ce Moron, membre du cabinet du ministre de l'Intérieur, est également responsable de l'assassinat de monsieur Florian de Saint-Roch et de la jeune infirmière Françoise Fiévet. Le commissaire divisionnaire Moron et l'ancien ministre Dubreuil ont, hélas, contribué à salir l'honneur de l'État français lors du génocide rwandais... À l'issue de nos petites négociations, la raison devrait l'emporter. Et l'honneur de l'État français être retrouvé, ne serait-ce que provisoirement. Je suis assez confiant, voyez-vous.

Je garde le silence.

– Si la raison l'emporte, poursuit Janviel, je serais ravi que vous sortiez d'ici pour rejoindre le cabinet de conseil en sûreté et intelligence stratégique que Charlélie et son frère dirigent à Paris... Leur cabinet est en pleine extension. Vous pourriez y traiter des dossiers fort intéressants. Car, comme le veut le bon sens populaire, monsieur Mornais, il faut que la vie continue, n'est-ce pas ?

Dimanche 22 février, 13 h 42

Un flash info signale la disparition de deux ressortissants français lors d'une tempête de neige dans les Hautes-Alpes.

Deux habitués du ski de randonnée nordique.

L'un, connu du grand public, Claude Dubreuil, ancien ministre des Outre-mer. L'autre, aimant la discrétion, le commissaire divisionnaire Alain Voiron, conseiller spécial du ministre de l'Intérieur, en charge des affaires africaines.

Deux grands serviteurs de l'État, selon *CNews*.

*

Les corps criblés de balles des deux disparus sont retrouvés le soir même, aux environs de 22 heures, dans une crevasse, par les chasseurs alpins grenoblois lancés à leur recherche.

Dubreuil et Voiron ont été exécutés à l'arme de poing.

Calibre 11.43, selon l'envoyé spécial de TF1.

En guise d'épilogue...

Gaspart Janviel, fête de l'Archange Saint-Michel

Ce que j'ai vu cette nuit dans le miroir de Fulcanelli n'était pas pour me surprendre.

La Seine rouge de sang.

Des monceaux de cadavres flottant entre le pont de l'Alma et le pont du Diable.

La pyramide du Louvre, amas de verre brisé et de métal fondu...

*

Le pire du *Finis Gloriae Mundi* est à venir.

POURQUOI ADHÉRER A L'ODS

En plus de rassembler toute une « faune de l'espace » passionnée de littératures de l'imaginaire, science-fiction, fantastique, fantasy, etc et tant de chercheurs érudits des univers de l'étrange, l'ODS est une association active qui organise ou coordonne de nombreux événements dans les domaines qui nous intéressent.

C'est un fait que l'activité de publication de fanzines qui était son expression principale à ses débuts a dû être transférée vers notre maison d'édition, EODS, faute de lecteurs assidus dans un secteur qui s'est peu à peu reporté vers le web. Certaines revues ont disparu, d'autres sont nées à cette occasion. Force est de nous adapter au potentiel du lectorat d'aujourd'hui, et nous voilà au XXIe siècle !

Toutefois, tout en nous adaptant, nous tenons, à l'ODS, à préserver cette convivialité qui fut toujours la première motivation de notre existence associative. C'est pourquoi nous poursuivons avant tout l'organisation de rencontres, conférences, congrès, dîners thématiques et autres missions scientifiques autour des thèmes qui nous sont chers. Participer à ces nombreuses activités, les organiser ou permettre à certains invités de venir y présenter leurs travaux, voilà aujourd'hui la vocation de l'ODS. Ainsi, tout au long de l'année, vous êtes conviés à nous rejoindre lors de dîners informels, comme celui du Nouvel Eon en janvier, et toutes sortes de rencontres à thèmes intitulées « on the spot », selon le calendrier de la venue d'auteurs en région parisienne, ainsi qu'à des colloques de haute teneur dont ceux organisés à Rennes-le-Château (ARTBS) ou à Paris comme le Congrès Fortéen, les journées Heuvelmans ou Jacques Bergier, etc, mais aussi à nous rendre visite sur les stands des nombreuses conventions auxquels nous participons.

L'organisation de ces événements et la participation de l'association à ceux organisés par d'autres sont aujourd'hui devenus notre activité principale, car c'est ce qui fait vivre notre univers littéraire et préserve ce caractère unique qui nous plaît. Si certains supports de lecture disparaissent petit à petit au profit de medias plus modernes — du fanzine au webzine, des listes de discussions aux réseaux sociaux, etc. — il reste que nous sommes tous attachés aux livres originaux au format papier, non seulement à l'objet que l'on peut aujourd'hui commander en trois clics, mais surtout à ce qui va autour, c'est-à-dire les rencontres, les discussions, le partage et les possibles collaborations qui s'improvisent au gré des initiatives de nos membres les plus passionnés et, bien entendu, au plaisir de lire !

La participation de chacun à cette fourmillante activité littéraire et autour de la littérature se coordonne le plus simplement possible par le moyen de notre association, et c'est la raison d'être de l'ODS. En y adhérant, et surtout en participant par votre présence et votre concours à ces rencontres, ainsi qu'à la naissance et la réalisation de nouveaux projets, vous nous aidez à prolonger la vie de notre multivers littéraire. Bienvenue à tous et merci pour votre présence !

Emmanuel Thibault, membre du Conseil de AODS

Achevé d'imprimer en avril 2022
par Createspace
(KDP)

www.ingramcontent.com/pod-product-compliance
Lightning Source LLC
LaVergne TN
LVHW010333200726
843507LV00010B/1480